人间词话

王国维◎著
徐调孚◎校注

国民阅读经典

中華書局

图书在版编目(CIP)数据

人间词话/王国维著;徐调孚校注. —北京:中华书局,2025.6. —(国民阅读经典:典藏版). —ISBN 978-7-101-17129-7

Ⅰ. I207.23

中国国家版本馆 CIP 数据核字第 2025QE7163 号

书　　名	人间词话
著　　者	王国维
校　　注	徐调孚
丛 书 名	国民阅读经典(典藏版)
责任编辑	李若彬
责任印制	陈丽娜
出版发行	中华书局 (北京市丰台区太平桥西里 38 号　100073) http://www.zhbc.com.cn E-mail:zhbc@zhbc.com.cn
印　　刷	北京中科印刷有限公司
版　　次	2025 年 6 月第 1 版 2025 年 6 月第 1 次印刷
规　　格	开本/880×1230 毫米　1/32 印张 5⅝　插页 2　字数 110 千字
印　　数	1-3000 册
国际书号	ISBN 978-7-101-17129-7
定　　价	32.00 元

出版说明

在二十一世纪的当代中国，国民的阅读生活中最迫切的事情是什么？我们的回答是：阅读经典！

在倡导素质教育，提高全社会文明程度的今天，我们要阅读经典；当碎片化阅读充斥人们的生活，侵占深度思考的时间时，我们要阅读经典；当要坚定文化自信，建设中华民族现代文明时，我们更要阅读经典。

经典是我们知识体系的根基，是精神世界的家园，是深化文明交流互鉴，创建人类文明新形态的起点。这就是我们编选这套《国民阅读经典》丛书的缘起，也因此决定了这套丛书的几个特点：

首先，入选的经典是指古今中外人文社科领域的名著。世界的眼光、历史的观点和中国的根基，是我们编选这套丛书的三个基本的立足点。

第二，入选的经典，不是指某时某地某一专业领域之内的重要著作，而是指历经岁月的淘洗、汇聚人类最重要的精神创造和知识积累的基础名著，都是人人应读、必读和常读的名著。

第三，入选的经典，我们坚持优中选优的原则，尽量选择最好的版本，选择最好的注本或译本。

我们真诚地希望，这套经典丛书能够进入你的生活，相伴你的左右。

中华书局编辑部

二〇二三年九月

目录

卷上

一

词以境界为最上。有境界则自成高格，自有名句。五代北宋之词所以独绝者在此。

二

有造境，有写境，此理想与写实二派之所由分。然二者颇难分别，因大诗人所造之境必合乎自然，所写之境亦必邻于理想故也。

三

有有我之境，有无我之境。“泪眼问花花不语，乱红飞过秋千去”[1]“可堪孤馆闭春寒，杜鹃声里斜阳暮”[2]，有我之境也。“采菊东篱下，悠然见南山”[3]“寒波澹澹起，白鸟悠悠下”[4]，无我之境也。有我之境，以我观物，故物皆着我之色彩。无我之境，以物观物，故不知何者为我，何者为物。古人为词，写有我之境者多，然未始不能写无我之境，此在豪杰之士能自树立耳。

【注释】

1. 冯延巳《鹊踏枝》：“庭院深深深几许？杨柳堆烟，帘幕无重数。玉勒琱鞍游冶处，楼高不见章台路。　雨横风狂三月暮。门掩黄昏，无计留春住。泪眼问花花不语，乱红飞入（别作“过”）秋千去。”（据四印斋本《阳春集》） 2. 秦观《踏莎行》：“雾失楼台，月迷津渡，桃源望断无寻处。可堪孤馆闭春寒，杜鹃声里斜阳暮。　驿寄梅花，鱼传尺素，砌成此恨无重数。

郴江幸自绕郴山，为谁流下潇湘去？”（据番禺叶氏《宋本两种合印淮海长短句》卷中） 3. 陶潜《饮酒》第五首：“结庐在人境，而无车马喧。问君何能尔？心远地自偏。采菊东篱下，悠然见南山。山气日夕佳，飞鸟相与还。此中有真意，欲辩已忘言。”（据陶澍集注本《陶靖节集》卷三） 4. 元好问《颍亭留别》：“故人重分携，临流驻归驾。乾坤展清眺，万景若相借。北风三日雪，太素秉元化。九山郁峥嵘，了不受陵跨。寒波澹澹起，白鸟悠悠下。怀归人自急，物态本闲暇。壶觞负吟啸，尘土足悲咤。回首亭中人，平林淡如画。”（据《四部备要》本《遗山诗集笺注》卷一）

四

无我之境，人惟于静中得之；有我之境，于由动之静时得之。故一优美，一宏壮也。

五

自然中之物互相关系、互相限制，然其写之于文学及美术中也，必遗其关系、限制之处，故虽写实家亦理想家也。又虽如何虚构之境，其材料必求之于自然，而其构造亦必从自然之法则，故虽理想家亦写实家也。

六

境非独谓景物也，喜怒哀乐亦人心中之一境界。故能写真景物、真感情者谓之有境界，否则谓之无境界也。

七

“红杏枝头春意闹”[1]，着一“闹”字而境界全出；“云破月来花弄影”[2]，着一“弄”字而境界全出矣。

【注释】

1. 宋祁《玉楼春》（春景）：“东城渐觉风光好，縠皱波纹迎客棹。绿杨烟外晓寒轻，红杏枝头春意闹。　浮生长恨欢娱少，肯爱千金轻一笑？为君持酒劝斜阳，且向花间留晚照。”（据赵万里辑本《宋景文公长短句》） 2. 张先《天仙子》（时为嘉禾小倅，以病眠，不赴府会）：“水调数声持酒听，午醉醒来愁未醒。送春春去几时回？临晚镜，伤流景，往事后期空记省。　沙上并禽池上暝，云破月来花弄影。重重帘幕密遮灯。风不定，人初静，明日落红应满径。”（据《彊村丛书》本《张子野词》卷二）

八

境界有大小，不以是而分优劣。“细雨鱼儿出，微风燕子斜”[1]，何遽不若“落日照大旗，马鸣风萧萧”[2]；“宝帘闲挂小银钩”[3]，何遽不若“雾失楼台，月迷津渡”[4]也。

【注释】

1. 杜甫《水槛遣心二首》之一：“去郭轩楹敞，无村眺望赊。澄江平少岸，幽树晚多花。细雨鱼儿出，微风燕子斜。城中十万户，此地两三家。”（据仇兆鳌《杜诗详注》卷十） 2. 杜甫《后出塞五首》之二：“朝进东门营，暮上河阳桥。落日照大旗，马鸣风萧萧。平沙列万幕，部伍各见招。中天悬明月，令严夜寂寥。悲笳数声动，壮士惨不骄。借问大将谁？恐是霍嫖姚。”（据《杜诗详注》卷四） 3. 秦观《浣溪沙》：“漠漠轻寒上小楼。晓阴无赖似穷秋。淡烟流水画屏幽。　　自在飞花轻似梦，无边丝雨细如愁。宝帘闲挂小银钩。”（据《淮海长短句》卷中） 4. 此为秦观《踏莎行》句，已见页2第三则注2。

九

严沧浪《诗话》谓：“盛唐诸公（《诗话》“公”作“人”），唯在兴趣。羚羊挂角，无迹可求。故其妙处，透澈（“澈”作“彻”）玲珑，不可凑拍（“拍”作“泊”）。如空中之音、相中之色、水中之影（“影”作“月”）、镜中之象，言有尽而意无穷。”余谓：北宋以前之词，亦复如是。然沧浪所谓兴趣，阮亭所谓神韵，犹不过道其面目，不若鄙人拈出“境界”二字，为探其本也。

十

太白纯以气象胜。“西风残照，汉家陵阙”[1]，寥寥八字，遂关千古登临之口。后世唯范文正之《渔家傲》[2]，夏英公之《喜迁莺》[3]，差足继武，然气象已不逮矣。

【注释】

1. 李白《忆秦娥》：“箫声咽，秦娥梦断秦楼月。秦楼月。年年柳色，灞陵伤别。　　乐游原上清秋节，咸阳古道音尘绝。音尘绝。西风残照，汉家陵阙。”（据《四部丛刊》本《唐宋诸贤绝妙词选》卷一） 2. 范仲淹《渔家傲》（秋思）：“塞下秋来风景异，衡阳雁去无留意。四面边声连角起。千嶂里，长烟落日孤城闭。　　浊酒一杯家万里，燕然未勒归无计。羌管悠悠霜满地。人不寐，将军白发征夫泪。”（据《彊村丛书》本《范文正公诗余》）

3. 夏竦《喜迁莺》令："霞散绮，月垂钩，帘卷未央楼。夜凉银汉截天流，宫阙锁清秋。　　瑶台树，金茎露，凤髓香盘烟雾。三千珠翠拥宸游，水殿按凉州。"（据《绝妙词选》卷二）

十一

张皋文谓飞卿之词"深美闳约"[1]，余谓此四字唯冯正中足以当之。刘融斋谓飞卿"精艳（当作"妙"）绝人"[2]，差近之耳。

【注释】

1. 张惠言《词选序》："自唐之词人，……温庭筠最高，其言深美闳约。" 2. 刘熙载《艺概》卷四《词曲概》："温飞卿词精妙绝人，然类不出乎绮怨。"

十二

"画屏金鹧鸪"[1]，飞卿语也，其词品似之。"弦上黄莺语"[2]，端己语也，其词品亦似之。正中词品，若欲于其词句中求之，则"和泪试严妆"[3]，殆近之欤？

【注释】

1. 温庭筠《更漏子》："柳丝长，春雨细，花外漏声迢递。惊塞雁，起城乌，画屏金鹧鸪。　　香雾薄，透帘幕，惆怅谢家池阁。红烛背，绣帘垂，梦长君不知。"（据观堂自辑本《金荃词》） 2. 韦庄《菩萨蛮》："红楼别夜堪惆怅，香灯半卷流苏帐。残月出门时，美人和泪辞。　　琵琶金翠羽，弦上黄莺语。劝我早归家，绿窗人似花。"（据观堂自辑本《浣花词》） 3. 冯延巳《菩萨蛮》："娇鬟堆枕钗横凤，溶溶春水杨花梦。红烛泪阑干，翠屏烟浪寒。

锦壶催画箭，玉佩天涯远。和泪试严妆，落梅飞晓霜。”（据《阳春集》）

十三

南唐中主词“菡萏香销翠叶残，西风愁起绿波间”[1]，大有众芳芜秽，美人迟暮之感。乃古今独赏其“细雨梦回鸡塞远，小楼吹彻玉笙寒”[2]，故知解人正不易得。

【注释】

1. 中主《浣溪沙》：“菡萏香销翠叶残，西风愁起绿波间。还与韶光共憔悴，不堪看。　　细雨梦回鸡塞远，小楼吹彻玉笙寒。多少泪珠何限恨，倚阑干。”（据戴景素校注本《李后主词》附录《中主词》） 2. 马令《南唐书》卷二十一《冯延巳传》：“元宗乐府词云‘小楼吹彻玉笙寒’，延巳有‘风乍起，吹皱一池春水’之句，皆为警策。元宗尝戏延巳曰：‘吹皱一池春水，干卿何事？’延巳曰：‘未如陛下“小楼吹彻玉笙寒”。’元宗悦。”又胡仔《苕溪渔隐丛话》前集卷五十九引《雪浪斋日记》：“荆公问山谷云：‘作小词曾看李后主词否？’云：‘曾看。’荆公云：‘何处最好？’山谷以‘一江春水向东流’为对，荆公云未若‘细雨梦回鸡塞远，小楼吹彻玉笙寒’。”案：荆公误元宗为后主。

十四

温飞卿之词，句秀也。韦端己之词，骨秀也。李重光之词，神秀也。

十五

词至李后主而眼界始大，感慨遂深，遂变伶工之词而为士大夫之词。周介存置诸温、韦之下[1]，可谓颠倒黑白矣。“自是人生长恨水长东”[2]“流水落花春去也，天上人间”[3]，《金荃》《浣花》，能有此气象耶？

【注释】

1. 周济《介存斋论词杂著》：“毛嫱、西施，天下美妇人也。严妆佳，淡妆亦佳，粗服乱头，不掩国色。飞卿，严妆也；端己，淡妆也；后主则粗服乱头矣。” 2. 后主《乌夜啼》：“林花谢了春红，太匆匆。无奈朝来寒重晚来风。　胭脂泪，留人醉。几时重？自是人生长恨水长东。”（据《李后主词》） 3. 后主《浪淘沙》令：“帘外雨潺潺，春意阑珊，罗衾不耐五更寒。梦里不知身是客，一饷贪欢。　独自莫凭阑，无限江山，别时容易见时难。流水落花春去也，天上人间。”（据《李后主词》）

十六

词人者，不失其赤子之心者也。故生于深宫之中，长于妇人之手，是后主为人君所短处，亦即为词人所长处。

十七

客观之诗人不可不多阅世，阅世愈深则材料愈丰富、愈变化，《水浒传》《红楼梦》之作者是也。主观之诗人不必多阅世，阅世愈浅则性情愈真，李后主是也。

十八

尼采谓：一切文学，余爱以血书者。后主之词，真所谓以血书者也。宋道君皇帝《燕山亭》词[1]亦略似之。然道君不过自道身世之戚，后主则俨有释迦、基督担荷人类罪恶之意，其大小固不同矣。

【注释】

1. 宋徽宗《燕山亭》（北行见杏花）："裁翦冰绡，轻叠数重，淡着燕脂匀注。新样靓妆，艳溢香融，羞杀蕊珠宫女。易得凋零，更多少无情风雨。愁苦。问院落凄凉，几番春暮。　　凭寄离恨重重，这双燕何曾，会人言语。天遥地远，万水千山，知他故宫何处。怎不思量，除梦里有时曾去。无据。和梦也新来不做。"（据《彊村丛书》本《宋徽宗词》）

十九

冯正中词虽不失五代风格，而堂庑特大，开北宋一代风气。与中后二主词皆在《花间》范围之外，宜《花间集》中不登其只字也[1]。

【注释】

1. 龙沐勋《唐宋名家词选》案：《花间集》多西蜀词人，不采二主及正中词，当由道里隔绝，又年岁不相及，有以致然。非因流派不同，遂尔遗置也。王说非是。

二十

正中词除《鹊踏枝》《菩萨蛮》十数阕[1]最煊赫外，如《醉花间》之“高树鹊衔巢，斜月明寒草”[2]，余谓韦苏州之“流萤度高阁”[3]，孟襄阳之“疏雨滴梧桐”[4]不能过也。

【注释】

1.《阳春集》载《鹊踏枝》十四阕、《菩萨蛮》九阕，辞繁不具录。2. 冯延巳《醉花间》：“晴雪小园春未到，池边梅自早。高树鹊衔巢，斜月明寒草。　山川风景好，自古金陵道。少年看却老。相逢莫厌醉金杯，别离多，欢会少。”（据《阳春集》） 3. 韦应物《寺居独夜寄崔主簿》：“幽人寂无寐，木叶纷纷落。寒雨暗深更，流萤度高阁。坐使青灯晓，还伤夏衣薄。宁知岁方晏，离居更萧索。”（据《四部备要》本《韦苏州集》卷二） 4.《全唐诗》卷六孟浩然句：“微云淡河汉，疏雨滴梧桐。”注：“王士源云：‘浩然常闲游秘省，秋月新霁，诸英联诗，次当浩然云云。举座嗟其清绝，不复为缀。’”

二十一

欧九《浣溪沙》词“绿杨楼外出秋千”[1]，晁补之谓：只一“出”字，便后人所不能道[2]。余谓此本于正中《上行杯》词“柳外秋千出画墙”[3]，但欧语尤工耳。

【注释】

1. 欧阳修《浣溪沙》：“堤上游人逐画船。拍堤春水四垂天。绿杨楼外出秋千。　白发戴花君莫笑，六幺催拍琖频传。人生何处似尊前？”（据林大椿校本《欧阳文忠公近体乐府》卷三） 2. 吴曾《能改斋漫录》卷十六：晁无咎评本朝乐章云："欧阳永叔《浣溪沙》云：'堤上游人逐画船。拍堤春水四垂天。绿杨楼外出秋千。'要皆绝妙。然只一'出'字，自是后人道不到处。" 3. 冯延巳《上行杯》："落梅着雨消残粉，云重烟轻寒食近。罗幕遮香，柳外秋千出画墙。春山颠倒钗横凤，飞絮入帘春睡重。梦里佳期，只许庭花与月知。"（据《阳春集》）

二十二

梅圣（原误作"舜"）俞《苏幕遮》词："落尽梨花春事（当作"又"）了。满地斜（当作"残"）阳，翠色和烟老。"[1] 刘融斋谓少游一生似专学此种[2]。余谓冯正中《玉楼春》词："芳菲次第长相续，自是情多无处足。尊前百计得春归，莫为伤春眉黛蹙。"[3] 永叔一生似专学此种。

【注释】

1. 梅尧臣《苏幕遮》（草）："露堤平，烟墅杳。乱碧萋萋，雨后江天晓。独有庾郎年最少。窣地春袍，嫩色宜相照。　接长亭，迷远道。堪怨王孙，不记归期早。落尽梨花春又了。满地残阳，翠色和烟老。"（据《四部备要》本《词综》卷四） 2. 刘熙载《艺概》卷四《词曲概》引此词云："此一种似为少游开先。" 3. 欧阳修《玉楼春》："雪云乍变春云簇，渐觉年华堪送目。北枝梅蕊犯寒开，南浦波纹如酒绿。　芳菲次第还相续，不奈情多无处足。尊前百计得春归，莫为伤春歌黛蹙。"（据《欧阳文忠公近体乐府》卷二）按：此词未见《阳春集》。《尊前集》作冯延巳词，不知何据。《阳春集》既不载，自难征信，当为欧作无疑。观堂谓"永叔一生似专学此种"，不知此词原为永叔作也。又所引系据《尊前》，故与欧集有异文。

二十三

人知和靖《点绛唇》[1]、圣（原误作“舜”）俞《苏幕遮》[2]、永叔《少年游》（原脱“游”）三阕为咏春草绝调[3]。不知先有正中“细雨湿流光”[4]五字，皆能摄春草之魂者也。

【注释】

1. 林逋《点绛唇》（草）：“金谷年年，乱生春色谁为主？余花落处，满地和烟雨。　又是离愁，一阕长亭暮。王孙去。萋萋无数，南北东西路。”（据《绝妙词选》卷二） 2. 梅尧臣《苏幕遮》，已见页11第二十二则注1。 3. 吴曾《能改斋漫录》卷十七：“梅圣俞在欧阳公坐，有以林逋《草》词‘金谷年年，乱生青草（按：《绝妙词选》《草堂诗余》等书，“青草”均作“春色”）谁为主’为美者。梅圣俞别为《苏幕遮》一阕，欧公击节赏之。又自为一词云：‘阑干十二独凭春，晴碧远连云。千里万里，二月三月，行色苦愁人。　谢家池上，江淹浦畔，吟魄与离魂。那堪疏雨滴黄昏，更特地忆王孙。’盖《少年游》令也。不惟前二公所不及，虽求诸唐人温、李集中，殆与之为一矣。今集不载此一篇，惜哉！” 4. 冯延巳《南乡子》：“细雨湿流光，芳草年年与恨长。烟锁凤楼无限事，茫茫。鸾镜鸳衾两断肠。　魂梦任悠扬，睡起杨花满绣床。薄幸不来门半掩，斜阳。负你残春泪几行。”（据《阳春集》）

二十四

《诗·蒹葭》一篇[1]，最得风人深致。晏同叔之“昨夜西风凋碧树。独上高楼，望尽天涯路”[2]，意颇近之。但一洒落，一悲壮耳。

【注释】

1.《诗·秦风·蒹葭》:“蒹葭苍苍，白露为霜。所谓伊人，在水一方。溯洄从之，道阻且长；溯游从之，宛在水中央。蒹葭凄凄，白露未晞。所谓伊人，在水之湄。溯洄从之，道阻且跻；溯游从之，宛在水中坻。蒹葭采采，白露未已。所谓伊人，在水之涘。溯洄从之，道阻且右；溯游从之，宛在水中沚。”（据《四部丛刊》本《毛诗》卷第六） 2. 晏殊《蝶恋花》:“槛菊愁烟兰泣露。罗幕轻寒，燕子双飞去。明月不谙离恨苦，斜光到晓穿朱户。昨夜西风凋碧树。独上高楼，望尽天涯路。欲寄彩笺兼尺素，山长水阔知何处。”（据林大椿校本《珠玉词》）

二十五

“我瞻四方，蹙蹙靡所骋”[1]，诗人之忧生也，“昨夜西风凋碧树。独上高楼，望尽天涯路”似之；“终日驰车走，不见所问津”[2]，诗人之忧世也，“百草千花寒食路，香车系在谁家树”[3]似之。

【注释】

1.《诗·小雅·节南山》第七章：“驾彼四牡，四牡项领。我瞻四方，蹙蹙靡所骋。”（据《毛诗》卷第十二） 2. 陶潜《饮酒》第二十首：“羲农去我久，举世少复真。汲汲鲁中叟，弥缝使其淳。凤鸟虽不至，礼乐暂得新。洙泗辍微响，漂流逮狂秦。诗书复何罪，一朝成灰尘。区区诸老翁，为事诚殷勤。如何绝世下，六籍无一亲。终日驰车走，不见所问津。若复不快饮，空负头上巾。但恨多谬误，君当恕醉人。”（据《陶靖节集》卷三） 3. 冯延巳《鹊踏枝》:“几日行云何处去？忘却归来，不道春将暮。百草千花寒食路，香车系在谁家树？　泪眼倚楼频独语。双燕飞来，陌上相逢否？撩乱春愁如柳絮，悠悠梦里无寻处。”（据《阳春集》）

二十六

古今之成大事业、大学问者，必经过三种之境界："昨夜西风凋碧树。独上高楼，望尽天涯路"，此第一境也。"衣带渐宽终不悔，为伊消得人憔悴"[1]，此第二境也。"众里寻他千百度。回头蓦见（当作"蓦然回首"），那人正（当作"却"）在、灯火阑珊处"[2]，此第三境也。此等语皆非大词人不能道。然遽以此意解释诸词，恐晏、欧诸公所不许也。

【注释】

1. 柳永《凤栖梧》："伫倚危楼风细细，望极春愁，黯黯生天际。草色烟光残照里，无言谁会凭阑意。　拟把疏狂图一醉，对酒当歌，强乐还无味。衣带渐宽终不悔，为伊消得人憔悴。"（据《彊村丛书》本《乐章集》中卷）

2. 辛弃疾《青玉案》（元夕）："东风夜放花千树。更吹落、星如雨。宝马雕车香满路。凤箫声动，玉壶光转，一夜鱼龙舞。　蛾儿雪柳黄金缕。笑语盈盈暗香去。众里寻它千百度。蓦然回首，那人却在、灯火阑珊处。"（据林大椿校本《稼轩长短句》卷七。观堂引此，有异文，与其他各本亦均不同，疑误。）

二十七

永叔"人间（当作"生"）自是有情痴，此恨不关风与月""直须看尽洛城花，始与（当作"共"）东（当作"春"）风容易别"[1]，于豪放之中有沉着之致，所以尤高。

【注释】

1. 欧阳修《玉楼春》："尊前拟把归期说，未语春容先惨咽。人生自是有情痴，此恨不关风与月。 离歌且莫翻新阕，一曲能教肠寸结。直须看尽洛城花，始共春风容易别。”（据《欧阳文忠公近体乐府》卷二，观堂引此，亦有异文，疑误。）

二十八

冯梦华《宋六十家词选·序例》谓：“淮海、小山，古之伤心人也。其淡语皆有味，浅语皆有致。”余谓此唯淮海足以当之。小山矜贵有余，但可方驾子野、方回，未足抗衡淮海也。

二十九

少游词境最凄婉。至“可堪孤馆闭春寒，杜鹃声里斜阳暮”，则变而凄厉矣。东坡赏其后二语[1]，犹为皮相。

【注释】

1. 胡仔《苕溪渔隐丛话》前集卷五十引惠洪《冷斋夜话》：“少游到郴州，作长短句（按即《踏莎行》词，已见页 2 第三则注 2）。东坡绝爱其尾两句，自书于扇曰：‘少游已矣，虽万人何赎。’”

三十

“风雨如晦，鸡鸣不已”[1]“山峻高以蔽日兮，下幽晦以多雨。霰雪纷其无垠兮，云霏霏而承宇”[2]“树树皆秋色，山山尽（当作“唯”）落晖”[3]“可堪孤馆闭春寒，杜鹃声里斜阳暮”，气象皆相似。

【注释】

1.《诗·郑风·风雨》:“风雨凄凄,鸡鸣喈喈。既见君子,云胡不夷?风雨潇潇,鸡鸣胶胶。既见君子,云胡不瘳?风雨如晦,鸡鸣不已。既见君子,云胡不喜?”(据《毛诗》卷第四) 2.见《楚辞·九章·涉江》,辞长不备录。 3.王绩《野望》:“东皋薄暮望,徙倚欲何依?树树皆秋色,山山唯落晖。牧人驱犊返,猎马带禽归。相顾无相识,长歌怀采薇。”(据《岱南阁丛书》本《王无功集》卷中)

三十一

昭明太子称陶渊明诗“跌宕昭彰,独超众类。抑扬爽朗,莫之与京”[1]。王无功称薛收赋“韵趣高奇,词义晦远。嵯峨萧瑟,真不可言”[2]。词中惜少此二种气象,前者唯东坡,后者唯白石,略得一二耳。

【注释】

1.见萧统《陶渊明集·序》。 2.见《王无功集》卷下《答冯子华处士书》。所称薛收赋,谓系《白牛谿赋》。

三十二

词之雅郑,在神不在貌。永叔、少游虽作艳语,终有品格。方之美成,便有淑女与倡伎之别。

三十三

美成深远之致不及欧、秦。唯言情体物,穷极工巧,故不失为第一流之作者。但恨创调之才多，创意之才少耳。

三十四

词忌用替代字。美成《解语花》之“桂华流瓦”[1]，境界极妙，惜以“桂华”二字代“月”耳。梦窗以下，则用代字更多。其所以然者，非意不足，则语不妙也。盖意足则不暇代，语妙则不必代。此少游之“小楼连苑”“绣毂雕鞍”[2]，所以为东坡所讥也[3]。

【注释】

1. 周邦彦《解语花》（元宵）：“风销焰蜡，露浥烘炉，花市光相射。桂华流瓦。纤云散，耿耿素娥欲下。衣裳淡雅。看楚女、纤腰一把。箫鼓喧，人影参差，满路飘香麝。　因念都城放夜。望千门如昼，嬉笑游冶。钿车罗帕。相逢处，自有暗尘随马。年光是也。唯只见、旧情衰谢。清漏移，飞盖归来，从舞休歌罢。”（据林大椿校本《清真集》卷下） 2. 秦观《水龙吟》：“小楼连远（汲古阁本“远”作“苑”）横空，下窥绣毂雕鞍骤。朱帘半卷，单衣初试，清明时候。破暖轻风，弄晴微雨，欲无还有。卖花声过尽，斜阳院落，红成阵，飞鸳甃。　玉佩丁东别后，怅佳期参差难又。名缰利锁，天还知道，和天也瘦。花下重门，柳边深巷，不堪回首。念多情，但有当时皓月，向人依旧。”（据《淮海长短句》卷上） 3.《历代诗余》卷五引曾慥《高斋词话》：“少游自会稽入都见东坡。东坡问作何词，少游举‘小楼连苑横空，下窥绣毂雕鞍骤’。东坡曰：‘十三个字只说得一个人骑马楼前过。’”

三十五

沈伯时《乐府指迷》云：“说桃不可直说破（原无“破”字，

据《花草粹编》附刊本《乐府指迷》加）桃，须用‘红雨’‘刘郎’等字。咏（原作“说”）柳不可直说破柳，须用‘章台’‘灞岸’等字。”若惟恐人不用代字者。果以是为工，则古今类书具在，又安用词为耶？宜其为《提要》所讥也[1]。

【注释】

1.《四库提要》集部词曲类二沈氏《乐府指迷》条：“又谓说桃须用‘红雨’‘刘郎’等字，说柳须用‘章台’‘灞岸’等字，说书须用‘银钩’等字，说泪须用‘玉箸’等字，说发须用‘绿云’等字，说簟须用‘湘竹’等字，不可直说破。其意欲避鄙俗，而不知转成涂饰，亦非确论。”

三十六

美成《青玉案》（当作《苏幕遮》）词：“叶上初阳干宿雨。水面清圆，一一风荷举。”[1]此真能得荷之神理者。觉白石《念奴娇》《惜红衣》二词[2]，犹有隔雾看花之恨。

【注释】

1. 周邦彦《苏幕遮》：“燎沉香，消溽暑。鸟雀呼晴，侵晓窥檐语。叶上初阳干宿雨。水面清圆，一一风荷举。　　故乡遥，何日去？家住吴门，久作长安旅。五月渔郎相忆否？小楫轻舟，梦入芙蓉浦。”（据《清真集》卷上）

2. 姜夔《念奴娇》（予客武陵，湖北宪治在焉。古城野水，乔木参天。予与二三友，日荡舟其间，薄荷花而饮，意象幽闲，不类人境。秋水且涸，荷叶出地寻丈，因列坐其下，上不见日。清风徐来，绿云自动，间于疏处，窥见游人画船，亦一乐也。朅来吴兴，数得相羊荷花中，又夜泛西湖，光景奇绝，故以此句写之）：“闹红一舸，记来时，尝与鸳鸯为侣。三十六陂人未到，水佩风裳无数。翠叶吹凉，玉容销酒，更洒菰蒲雨。嫣然摇动，冷香飞上诗句。　　日暮。青盖亭亭，情人不见，争忍凌波去。只恐舞衣寒易落，愁入西风南浦。高柳垂阴，老鱼吹浪，留我花间住。田田多少，几回沙际归路。”（据《彊村丛书》本《白石道人歌曲》卷四）又《惜红衣》（吴兴号水晶宫，荷花盛丽。陈简斋云：“今年何以报君恩，一路荷花相送到青墩。”亦可见矣。丁未之夏，予游千岩，数往来红香中，自度此曲，以无射宫歌之）：“簟枕邀凉，琴书换日，睡余无力。细洒冰泉，并刀破甘碧。墙头唤酒，谁问讯，城南诗客。岑寂。高柳晚蝉，说西风消息。　　虹梁水陌，鱼浪吹香，红衣半狼藉。维舟试望故国。眇天北。可惜渚边沙外，不共美人游历。问甚时同赋，三十六陂秋色。”（据《白石道人歌曲》卷五）

三十七

东坡《水龙吟》咏杨花[1]，和韵而似原唱。章质夫词[2]，原唱而似和韵。才之不可强也如是！

【注释】

1. 苏轼《水龙吟》（次韵章质夫杨花词）：“似花还似非花，也无人惜从教坠。抛家傍路，思量却是，无情有思。萦损柔肠，困酣娇眼，欲开还闭。梦随风万里，寻郎去处，又还被、莺呼起。　　不恨此花飞尽，恨西园、落红难缀。晓来雨过，遗踪何在？一池萍碎。春色三分，二分尘土，一分流水。细看来不是杨花，点点是、离人泪。”（据龙沐勋《东坡乐府笺》卷二）　2. 章楶《水龙吟》（杨花）：“燕忙莺懒芳残，正堤上、柳花飘坠。轻飞乱舞，点画青林，全无才思。闲趁游丝，静临深院，日长门闭。傍珠帘散漫，垂垂欲下，依前被、风扶起。　　兰帐玉人睡觉，怪春衣、雪沾琼缀。绣床渐满，香球无数，才圆却碎。时见蜂儿，仰黏轻粉，鱼吞池水。望章台路杳，金鞍游荡，有盈盈泪。”（据四印斋本《草堂诗余》卷下）

三十八

咏物之词，自以东坡《水龙吟》为最工，邦卿《双双燕》[1]次之。白石《暗香》《疏影》[2]格调虽高，然无一语道着，视古人“江边一树垂垂发”[3]等句何如耶？

【注释】

1. 史达祖《双双燕》（咏燕）：“过春社了，度帘幕中间，去年尘冷。差池欲住，试入旧巢相并。还相雕梁藻井，又软语商量不定。飘然快拂花梢，翠尾分开红影。　芳径，芹泥雨润。爱贴地争飞，竞夸轻俊。红楼归晚，看足柳昏花暝。应自栖香正稳，便忘了天涯芳信。愁损翠黛双蛾，日日画栏独凭。”（据四印斋本《梅溪词》） 2. 姜夔《暗香》（辛亥之冬，予载雪诣石湖。止既月，授简索句，且征新声，作此两曲。石湖把玩不已，使工妓肄习之，音节谐婉，乃名之曰《暗香》《疏影》）：“旧时月色，算几番照我，梅边吹笛。唤起玉人，不管清寒与攀摘。何逊而今渐老，都忘却、春风词笔。但怪得、竹外疏花，香冷入瑶席。　江国，正寂寂。叹寄与路遥，夜雪初积。翠尊易泣，红萼无言耿相忆。长记曾携手处，千树压、西湖寒碧。又片片吹尽也，几时见得。”（据《白石道人歌曲》卷五，下同）又《疏影》：“苔枝缀玉。有翠禽小小，枝上同宿。客里相逢，篱角黄昏，无言自倚修竹。昭君不惯胡沙远，但暗忆、江南江北。想佩环、月夜归来，化作此花幽独。　犹记深宫旧事，那人正睡里，飞近蛾绿。莫似春风，不管盈盈，早与安排金屋。还教一片随波去，又却怨、玉龙哀曲。等恁时、重觅幽香，已入小窗横幅。” 3. 杜甫《和裴迪登蜀州东亭送客逢早梅相忆见寄》：“东阁官梅动诗兴，还如何逊在扬州。此时对雪遥相忆，送客逢春可自由。幸不折来伤岁暮，若为看去乱乡愁。江边一树垂垂发，朝夕催人自白头。”（据《杜诗详注》卷九）

三十九

白石写景之作，如“二十四桥仍在，波心荡、冷月无声”[1]“数峰清苦，商略黄昏雨”[2]“高树晚蝉，说西风消息”[3]，虽格韵高绝，然如雾里看花，终隔一层。梅溪、梦窗诸家写景之病，皆在一“隔”字。北宋风流，渡江遂绝。抑真有运会存乎其间耶？

【注释】

1. 姜夔《扬州慢》（淳熙丙申至日，予过维扬。夜雪初霁，荠麦弥望。入其城，则四顾萧条，寒水自碧。暮色渐起，戍角悲吟。予怀怆然，感慨今昔，因自度此曲。千岩老人以为有黍离之悲也）：“淮左名都，竹西佳处，解鞍少驻初程。过春风十里，尽荠麦青青。自胡马窥江去后，废池乔木，犹厌言兵。渐黄昏，清角吹寒，都在空城。　杜郎俊赏，算而今、重到须惊。纵豆蔻词工，青楼梦好，难赋深情。二十四桥仍在，波心荡、冷月无声。念桥边红药，年年知为谁生？”（据《白石道人歌曲》卷五） 2. 姜夔《点绛唇》（丁未冬，过吴松作）：“燕雁无心，太湖西畔随云去。数峰清苦，商略黄昏雨。第四桥边，拟共天随住。今何许？凭栏怀古，残柳参差舞。”（据《白石道人歌曲》卷三） 3. 姜夔《惜红衣》词，已见页 18 第三十六则注 2。“高柳”，汲古阁本、四印斋本、榆园本均作“高树”。观堂所引本此。

四十

问“隔”与“不隔”之别，曰：陶、谢之诗不隔，延年则稍隔矣；东坡之诗不隔，山谷则稍隔矣。“池塘生春草”[1]“空梁落燕泥”[2]等二句，妙处唯在不隔。词亦如是。即以一人一词论，如欧阳公《少年游》咏春草上半阕云：“阑干十二独

（“独”原作“犹”）凭春，晴碧远连云。千里万里，二月三月（此两句原倒置），行色苦愁人。”语语都在目前，便是不隔。至云“谢家池上，江淹浦畔”（“畔”原作“上”）[3]，则隔矣。白石《翠楼吟》“此地宜有词仙，拥素云黄鹤，与君游戏。玉梯凝望久，叹芳草、萋萋千里”，便是不隔。至“酒祓清愁，花消英气”[4]，则隔矣。然南宋词虽不隔处，比之前人，自有浅深厚薄之别。

【注释】

1. 谢灵运《登池上楼》：“潜虬媚幽姿，飞鸿响远音。薄霄愧云浮，栖川怍渊沉。进德智所拙，退耕力不任。徇禄反穷海，卧疴对空林。衾枕昧节候，褰开暂窥临。倾耳聆波澜，举目眺岖嵚。初景革绪风，新阳改故阴。池塘生春草，园柳变鸣禽。祁祁伤豳歌，萋萋感楚吟。索居易永久，离群难处心。持操岂独古，无闷征在今。”（据胡刻《文选》卷二十二） 2. 薛道衡《昔昔盐》：“垂柳覆金堤，蘼芜叶复齐。水溢芙蓉沼，花飞桃李蹊。采桑秦氏女，织锦窦家妻。关山别荡子，风月守空闺。恒敛千金笑，长垂双玉啼。盘龙随镜隐，彩凤逐帷低。飞魂同夜鹊，倦寝忆晨鸡。暗牖悬蛛网，空梁落燕泥。前年过代北，今岁往辽西。一去无消息，那能惜马蹄。”（据《四部丛刊》本《乐府诗集》第七十九卷） 3. 欧阳修《少年游》词，已见页12第二十三则注3。 4. 姜夔《翠楼吟》（淳熙丙午冬，武昌安远楼成，与刘去非诸友落之，度曲见志。予去武昌十年，故人有泊舟鹦鹉洲者，闻小姬歌此词，问之，颇能道其事。还吴，为予言之。兴怀昔游，且伤今之离索也）：“月冷龙沙，尘清虎落，今年汉酺初赐。新翻胡部曲，听毡幕、元戎歌吹。层楼高峙。看槛曲萦红，檐牙飞翠。人姝丽。粉香吹下，夜寒风细。　此地宜有词仙，拥素云黄鹤，与君游戏。玉梯凝望久，叹芳草、萋萋千里。天涯情味。仗酒祓清愁，花销英气。西山外，晚来还卷，一帘秋霁。”（据《白石道人歌曲》卷六）

四十一

“生年不满百，常怀千岁忧。昼短苦夜长，何不秉烛游”[1]“服食求神仙，多为药所误。不如饮美酒，被服纨与素”[2]，写情如此，方为不隔。“采菊东篱下，悠然见南山。山气日夕佳，飞鸟相与还”[3]“天似穹庐，笼盖四野。天苍苍，野茫茫，风吹草低见牛羊”[4]，写景如此，方为不隔。

【注释】

1.《古诗十九首》第十五：“生年不满百，常怀千岁忧。昼短苦夜长，何不秉烛游？为乐当及时，何能待来兹？愚者爱惜费，但为后世嗤。仙人王子乔，难可与等期。”（据《文选》卷二十九） 2.《古诗十九首》第十三：“驱车上东门，遥望郭北墓。白杨何萧萧，松柏夹广路。下有陈死人，杳杳即长暮。潜寐黄泉下，千载永不寤。浩浩阴阳移，年命如朝露。人生忽如寄，寿无金石固。万岁更相送，圣贤莫能度。服食求神仙，多为药所误。不如饮美酒，被服纨与素。”（据《文选》卷二十九） 3. 陶潜《饮酒》诗，已见页2第三则注3。 4. 斛律金《敕勒歌》：“敕勒川，阴山下。天似穹庐，笼盖四野。天苍苍，野茫茫，风吹草低见牛羊。”（据《乐府诗集》第八十六卷）

四十二

古今词人格调之高，无如白石。惜不于意境上用力，故觉无言外之味、弦外之响，终不能与于第一流之作者也。

四十三

南宋词人，白石有格而无情，剑南有气而乏韵。其堪与北宋人颉颃者，唯一幼安耳。近人祖南宋而祧北宋，以南宋之词可学，北宋不可学也。学南宋者，不祖白石，则祖梦窗，以白石、梦窗可学，幼安不可学也。学幼安者率祖其粗犷、滑稽，以其粗犷、滑稽处可学，佳处不可学也。幼安之佳处，在有性情，有境界。即以气象论，亦有“横素波，干青云”[1]之概，宁后世龊龊小生所可拟耶？

【注释】

1. 萧统《陶渊明集·序》:“其文章……横素波而傍流，干青云而直上。”

四十四

东坡之词旷，稼轩之词豪。无二人之胸襟而学其词，犹东施之效捧心也。

四十五

读东坡、稼轩词，须观其雅量高致，有伯夷、柳下惠之风。白石虽似蝉蜕尘埃，然终不免局促辕下。

四十六

苏、辛，词中之狂。白石，犹不失为狷。若梦窗、梅溪、玉田、草窗、中（当作“西”，卷下页49可证）麓辈，面目不同，同归于乡愿而已。

四十七

稼轩中秋饮酒达旦，用《天问》体作《木兰花慢》[1]以送月，曰：“可怜今夜（当作“夕”）月，向何处、去悠悠？是别有人间，那边才见，光景东头。”词人想像，直悟月轮绕地之理，与科学家密合，可谓神悟。

【注释】

1. 辛弃疾《木兰花慢》（中秋饮酒将旦，客谓：前人诗词，有赋待月，无送月者。因用《天问》体赋）：“可怜今夕月，向何处、去悠悠？是别有人间，那边才见，光景东头。是天外空汗漫，但长风、浩浩送中秋。飞镜无根谁系？姮娥不嫁谁留？　　谓经海底问无由。恍惚使人愁。怕万里长鲸，纵横触破，玉殿琼楼。虾蟆故堪浴水，问云何、玉兔解沉浮？若道都齐无恙，云何渐渐如钩？”（据《稼轩长短句》卷四）

四十八

周介存谓：“梅溪词中喜用‘偷’字，足以定其品格。”[1]刘融斋谓：“周旨荡而史意贪。”[2]此二语令人解颐。

【注释】

1. 见周济《介存斋论词杂著》。　2. 刘熙载《艺概》卷四《词曲概》：“周美成律最精审，史邦卿句最警炼，然未得为君子之词者，周旨荡而史意贪也。”

四十九

介存谓梦窗词之佳者，如“水光云影，摇荡绿波，抚玩无极，追寻已远”。余览《梦窗甲乙丙丁稿》中，实无足当此者。有之，其“隔江人在雨声中，晚风菰叶生秋怨”[1]二语乎？

【注释】

1. 吴文英《踏莎行》：“润玉笼绡，檀樱倚扇。绣圈犹带脂香浅。榴心空叠舞裙红，艾枝应压愁鬟乱。　　午梦千山，窗阴一箭。香瘢新褪红丝腕。隔江人在雨声中，晚风菰叶生秋怨。”（据《彊村丛书》本《梦窗词集补》）

五十

梦窗之词，吾得取其词中之一语以评之曰：“映梦窗凌（当作“零”）乱碧。”[1]玉田之词，余得取其词中之一语以评之曰：“玉老田荒。”[2]

【注释】

1. 吴文英《秋思》（荷塘，为括苍名姝求赋其听雨小阁）：“堆枕香鬟侧。骤夜声，偏称画屏秋色。风碎串珠，润侵歌板，愁压眉窄。动罗箑清商，寸心低诉叙怨抑。映梦窗零乱碧。待涨绿春深，落花香泛，料有断红流处，暗题相忆。　　欢酌。檐花细滴。送故人、粉黛重饰。漏侵琼瑟，丁东敲断，弄晴月白。怕一曲《霓裳》未终，催去骖凤翼。叹谢客犹未识。漫瘦却东阳，灯前无梦到得。路隔重云雁北。”（据《彊村遗书》本《梦窗词集》） 2. 张炎《祝英台近》（与周草窗话旧）：“水痕深，花信足，寂寞汉南树。转首青阴，芳事顿如许。不知多少消魂，夜来风雨。犹梦到、断红流处。　　最无据。长年息影空山，愁入庾郎句。玉老田荒，心事已迟暮。几回听得啼鹃，不如

归去。终不似、旧时鹦鹉。”（据《彊村丛书》本《山中白云》卷二）

五十一

“明月照积雪”[1]“大江流日夜”[2]“中天悬明月”[3]“黄（当作“长”）河落日圆”[4]，此种境界，可谓千古壮观。求之于词，唯纳兰容若塞上之作，如《长相思》之“夜深千帐灯”，《如梦令》之“万帐穹庐人醉，星影摇摇欲坠”[5]差近之。

【注释】

1. 谢灵运《岁暮》：“殷忧不能寐，苦此夜难颓。明月照积雪，朔风劲且哀。运往无淹物，年逝觉已催。”（据《百三名家集》本《谢康乐集》卷二） 2. 谢朓《暂使下都夜发新林至京邑赠西府同僚》：“大江流日夜，客心悲未央。徒念关山近，终知反路长。秋河曙耿耿，寒渚夜苍苍。引顾见京室，宫雉正相望。金波丽鳷鹊，玉绳低建章。驱车鼎门外，思见昭丘阳。驰晖不可接，何况隔两乡？风云有鸟路，江汉限无梁。常恐鹰隼击，时菊委严霜。寄言罻罗者，寥廓已高翔。”（据《文选》卷二十六） 3. 杜甫《后出塞》，已见页4第八则注2。 4. 王维《使至塞上》：“单车欲问边，属国过居延。征蓬出汉塞，归雁入胡天。大漠孤烟直，长河落日圆。萧关逢候骑，都护在燕然。”（据《四部备要》本《王右丞集》卷九） 5. 纳兰性德《长相思》：“山一程，水一程。身向榆关那畔行，夜深千帐灯。 风一更，雪一更。聒碎乡心梦不成，故园无此声。”（据《清名家词》本《通志堂词》）又《如梦令》：“万帐穹庐人醉，星影摇摇欲坠。归梦隔狼河，又被河声搅碎。还睡，还睡。解道醒来无味。”（据《通志堂词·集外词》）

五十二

纳兰容若以自然之眼观物，以自然之舌言情。此由初入中原，未染汉人风气，故能真切如此。北宋以来，一人而已。

五十三

陆放翁跋《花间集》谓：“唐宋（当作“季”）五代，诗愈卑，而倚声者辄简古可爱。能此不能彼，未可（当作“易”）以理推也。”《提要》驳之，谓：“犹能举七十斤者，举百斤则蹶，举五十斤则运掉自如。”[1]其言甚辨。然谓词必易于诗，余未敢信。善乎陈卧子之言曰：“宋人不知诗而强作诗，故终宋之世无诗。然其欢愉愁苦（当作“怨”）之致，动于中而不能抑者，类发于诗余，故其所造独工。”[2]五代词之所以独胜，亦以此也。

【注释】

1.《四库提要》集部词曲类二《花间集》：“后有陆游二跋。……其二称：‘唐季五代，诗愈卑，而倚声者辄简古可爱。能此不能彼，未易以理推也。’不知文之体格有高卑，人之学力有强弱。学力不足副其体格，则举之不足；学力足以副其体格，则举之有余。律诗降于古诗，故中晚唐古诗多不工，而律诗则时有佳作。词又降于律诗，故五季人诗不及唐，词乃独胜。此犹能举七十斤者，举百斤则蹶，举五十斤则运掉自如，有何不可理推乎？” 2.陈子龙《王介人诗余·序》：“宋人不知诗而强作诗。其为诗也，言理而不言情，故终宋之世无诗焉。然宋人亦不免于有情也。故凡其欢愉愁怨之致，动于中而不能抑者，类发于诗余，故其所造独工，非后世可及。盖以沉至之思而出之必浅近，使读之者骤遇如在耳目之表，久诵而得沉永之趣，则用意难也。

以嬛利之词，而制之实工炼，使篇无累句，句无累字，圆润明密，言如贯珠，则铸调难也。其为体也纤弱，所谓明珠翠羽，尚嫌其重，何况龙鸾？必有鲜妍之姿，而不藉粉泽，则设色难也。其为境也婉媚，虽以警露取妍，实贵含蓄，有余不尽，时在低徊唱叹之际，则命篇难也。惟宋人专力事之，篇什既多，触景皆会。天机所启，若出自然。虽高谈大雅，而亦觉其不可废，何则？物有独至，小道可观也。”

五十四

四言敝而有《楚辞》，《楚辞》敝而有五言，五言敝而有七言，古诗敝而有律绝，律绝敝而有词。盖文体通行既久，染指遂多，自成习套。豪杰之士，亦难于其中自出新意，故遁而作他体，以自解脱。一切文体所以始盛终衰者，皆由于此。故谓文学后不如前，余未敢信。但就一体论，则此说固无以易也。

五十五

诗之《三百篇》《十九首》，词之五代、北宋，皆无题也。非无题也，诗词中之意，不能以题尽之也。自《花庵》《草堂》每调立题，并古人无题之词亦为之作题，如观一幅佳山水，而即曰此某山某河，可乎？诗有题而诗亡，词有题而词亡。然中材之士，鲜能知此而自振拔者矣。

五十六

大家之作，其言情也必沁人心脾；其写景也必豁人耳目；其辞脱口而出，无矫揉妆束之态。以其所见者真，所知者深也。诗词皆然。持此以衡古今之作者，可无大误矣。

五十七

人能于诗词中不为美刺投赠之篇，不使隶事之句，不用粉饰之字，则于此道已过半矣。

五十八

以《长恨歌》之壮采，而所隶之事，只“小玉、双成”四字，才有余也。梅村歌行，则非隶事不办[1]。白、吴优劣，即于此见。不独作诗为然，填词家亦不可不知也。

【注释】

1. 白居易《长恨歌》有“转教小玉报双成”句为隶事。至吴伟业之《圆圆曲》，则入手即用“鼎湖”事，以下隶事句不胜指数。

五十九

近体诗体制，以五七言绝句为最尊，律诗次之，排律最下。盖此体于寄兴言情，两无所当，殆有韵之骈体文耳。词中小令如绝句，长调似律诗，若长调之《百字令》《沁园春》等，则近于排律矣。

六十

诗人对宇宙人生，须入乎其内，又须出乎其外。入乎其内，故能写之；出乎其外，故能观之。入乎其内，故有生气；出乎其外，故有高致。美成能入而不出。白石以降，于此二事皆未梦见。

六十一

诗人必有轻视外物之意，故能以奴仆命风月。又必有重视外物之意，故能与花鸟共忧乐。

六十二

“昔为倡家女，今为荡子妇。荡子行不归，空床难独守”[1]“何不策高足，先据要路津？无为久贫（当作“守穷”）贱，轗轲长苦辛”[2]，可谓淫鄙之尤。然无视为淫词鄙词者，以其真也。五代、北宋之大词人亦然。非无淫词，读之者但觉其亲切动人；非无鄙词，但觉其精力弥满。可知淫词与鄙词之病，非淫与鄙之病，而游词[3]之病也。“岂不尔思？室是远而。”而子曰：“未之思也，夫何远之有？”[4]恶其游也。

【注释】

1.《古诗十九首》第二：“青青河畔草，郁郁园中柳。盈盈楼上女，皎皎当窗牖。娥娥红粉妆，纤纤出素手。昔为倡家女，今为荡子妇。荡子行不归，空床难独守。”（据《文选》卷二十九） 2.《古诗十九首》第四：“今日良宴会，欢乐难具陈。弹筝奋逸响，新声妙入神。令德唱高言，识曲听其真。齐心同所愿，含意俱未申：人生寄一世，奄忽若飙尘。何不策高足，先据要路津？无为守穷贱，轗轲长苦辛。”（据《文选》卷二十九） 3.金应珪《词选·后序》：“规模物类，依托歌舞。哀乐不衷其性，虑叹无与乎情。连章累篇，义不出乎花鸟；感物指事，理不外乎酬应。虽既雅而不艳，斯有句而无章。是谓游词。” 4.《论语·子罕》：“唐棣之华，偏其反而。岂不尔思，室是远而。子曰：‘未之思也，夫何远之有？’”

六十三

“枯藤老树昏鸦。小桥流水平沙。古道西风瘦马。夕阳西下。断肠人在天涯。”[1] 此元人马东篱《天净沙》小令也。寥寥数语，深得唐人绝句妙境。有元一代词家，皆不能为此也。

【注释】

1. 按此曲见诸元刊本《乐府新声》卷中、元刊本周德清《中原音韵定格》、明刊本蒋仲舒《尧山堂外纪》卷六十八、明刊本张禄《词林摘艳》及《知不足斋丛书》本盛如梓《庶斋老学丛谈》等书者，“平沙”均作“人家”，即观堂《宋元戏曲考》所引亦同。惟《历代诗余》则作“平沙”，又“西风”作“凄风”，盖欲避去复字耳。观堂此处所引，殆即本《诗余》也。

六十四

白仁甫《秋夜梧桐雨》剧，沉雄悲壮，为元曲冠冕。然所作《天籁词》，粗浅之甚，不足为稼轩奴隶。岂创者易工，而因者难巧欤？抑人各有能有不能也？读者观欧、秦之诗远不如词，足透此中消息。

宣统庚戌九月脱稿于京师定武城南寓庐

卷下

一

白石之词，余所最爱者，亦仅二语，曰："淮南皓月冷千山，冥冥归去无人管。"[1]

【注释】

1. 姜夔《踏莎行》（自沔东来，丁未元日至金陵，江上感梦而作）："燕燕轻盈，莺莺娇软。分明又向华胥见。夜长争得薄情知？春初早被相思染。别后书辞，别时针线。离魂暗逐郎行远。淮南皓月冷千山，冥冥归去无人管。"（据《白石道人歌曲》卷三）

二

双声叠韵之论，盛于六朝，唐人犹多用之。至宋以后，则渐不讲，并不知二者为何物。乾嘉间，吾乡周松霭先生（春）著《杜诗双声叠韵谱括略》，正千余年之误，可谓有功文苑者矣。其言曰："两字同母谓之双声，两字同韵谓之叠韵。"余按，用今日各国文法通用之语表之，则两字同一子音者谓之双声。如《南史·羊元保传》之"官家恨狭，更广八分"，"官、家、更、广"四字，皆从"k"得声。《洛阳伽蓝记》之"狞奴慢骂"，"狞、奴"二字皆从"n"得声，"慢、骂'二字皆从"m"得声也。两字同一母音者，谓之叠韵。如梁武帝"后牖有朽柳"，"后、牖、有"三字，双声而兼叠韵。"有、朽、柳"三字，其母音皆为"u"。刘孝绰之"梁皇长康强"，"梁、长、强"三字，其母音皆为"ian"也[1]。自李淑《诗苑》伪造沈约之说，以双声叠韵为诗中八病之二[2]，后世诗家多废而不讲，亦不复用之于词。余谓苟于词之荡漾处多用叠韵，促节处用双声，则其铿锵可诵，必有过于前人者。惜世之专讲音律者，尚未悟此也。

【注释】

1. 葛立方《韵语阳秋》卷四引陆龟蒙诗序："叠韵起自梁。武帝云：'后牖有朽柳。'当时侍从之臣皆倡和。刘孝绰云：'梁皇长康强。'沈休文云：'偏眠船舷边。'庾肩吾云：'载碓每碍埭。'自后用此体作为小诗者多矣。"

2. 周春《杜诗双声叠韵谱括略》七，引李淑《诗苑》："梁沈约云：'诗病有八：……七曰旁纽，八曰正纽。'"（按：谓十字内两字双声为"正纽"，若不共一字而有双声为"旁纽"。如"流六"为正纽，"流柳"为旁纽。）（周春）案：正纽、旁纽皆指双声而言。观神珙之图，自可悟入。若此注所云，则旁纽即叠韵矣，非。

三

诗至唐中叶以后，殆为羔雁之具矣。故五代、北宋之诗，佳者绝少，而词则为其极盛时代。即诗词兼擅如永叔、少游者，词胜于诗远甚。以其写之于诗者，不若写之于词者之真也。至南宋以后，词亦为羔雁之具，而词亦替矣。此亦文学升降之一关键也。

四

曾纯甫中秋应制，作《壶中天慢》词[1]，自注云："是夜，西兴亦闻天乐。"谓宫中乐声，闻于隔岸也。毛子晋谓："天神亦不以人废言。"[2]近冯梦华复辨其诬[3]。不解"天乐"二字文义，殊笑人也！

【注释】

1. 曾觌《壶中天慢》(此进御月词也。上皇大喜曰："从来月词不曾用'金瓯'事，可谓新奇。"赐金束带、紫番罗、水晶碗。上亦赐宝盏。至一更五点还宫。是夜，西兴亦闻天乐焉)："素飙漾碧，看天衢稳送，一轮明月。翠水瀛壶人不到，比似世间秋别。玉手瑶笙，一时同色，小按《霓裳》叠。天津桥上，有人偷记新阕。　　当日谁幻银桥？阿瞒儿戏，一笑成痴绝。肯信群仙高宴处，移下水晶宫阙。云海尘清，山河影满，桂冷吹香雪。何劳玉斧，金瓯千古无缺。"(据汲古阁本《海野词》) 2.《宋六十名家词》毛晋跋《海野词》："至进月词，一夕西兴，共闻天乐，岂天神亦不以人废言耶？" 3. 冯煦《宋六十一家词选例言》："曾纯甫赋进御月词，其自记云：'是夜，西兴亦闻天乐。'子晋遂谓'天神亦不以人废言'，不知宋人每好自神其说。白石道人尚欲以巢湖风驶归功于《平调满江红》，于海野何讥焉？"

五

北宋名家以方回为最次，其词如历下、新城之诗，非不华赡，惜少真味。

六

散文易学而难工，骈文难学而易工。近体诗易学而难工，古体诗难学而易工。小令易学而难工，长调难学而易工。

七

古诗云："谁能思不歌？谁能饥不食？"[1] 诗词者，物之不得其平而鸣者也。故欢愉之辞难工，愁苦之言易巧。

【注释】

1. 晋宋齐辞《子夜歌》："谁能思不歌？谁能饥不食？日冥当户倚，惆怅底不忆。"（据《乐府诗集》第四十四卷）

八

社会上之习惯，杀许多之善人。文学上之习惯，杀许多之天才。

九

昔人论诗词，有景语情语之别，不知一切景语皆情语也。

十

词家多以景寓情。其专作情语而绝妙者，如牛峤之"甘（当作"须"）作一生拚，尽君今日欢"[1]，顾敻之"换我心，为你心，始知相忆深"[2]，欧阳修之"衣带渐宽终不悔，为伊消得人憔悴"[3]，美成之"许多烦恼，只为当时，一晌留情"[4]。此等词，求之古今人词中，曾不多见。

【注释】

1. 牛峤《菩萨蛮》："玉炉冰簟鸳鸯锦，粉融香汗流山枕。帘外辘轳声，敛眉含笑惊。　柳阴烟漠漠，低鬓蝉钗落。须作一生拚，尽君今日欢。"（据观堂自辑本《牛给事词》） 2. 顾敻《诉衷情》："永夜抛人何处去？绝来音。香阁掩，眉敛月将沉。　争忍不相寻？怨孤衾。换我心，为你心，始知相忆深。"（据观堂自辑本《顾太尉词》） 3. 柳永《凤栖梧》词，已见卷上页 14 第二十六则注 1。此词又误入《欧阳文忠公近体乐府》及《醉翁琴趣外篇》(俱双照楼景宋本),惟汲古阁本《六一词》则已删去。 4. 周邦彦《庆宫春》:"云接平冈,山围寒野,路回渐展孤城。衰柳啼鸦,惊风驱雁,动人一片秋声。倦途休驾,淡烟里,微茫见星。尘埃憔悴,生怕黄昏,离思牵萦。 华堂旧日逢迎。花艳参差,香雾飘零。弦管当头,偏怜娇凤,夜深簧暖笙清。眼波传意,恨密约匆匆未成。许多烦恼,只为当时,一晌留情。"(据《清真集》卷下)

十一

词之为体,要眇宜修。能言诗之所不能言,而不能尽言诗之所能言。诗之境阔,词之言长。

十二

言气质,言神韵,不如言境界。有境界,本也;气质、神韵,末也。有境界而二者随之矣。

十三

"西(当作"秋")风吹渭水,落日(当作"叶")满长安。"[1]美成以之入词[2],白仁甫以之入曲[3],此借古人之境界为我之境界者也。然非自有境界,古人亦不为我用。

【注释】

1. 贾岛《忆江上吴处士》:"闽国扬帆去,蟾蜍亏复圆。秋风吹渭水,落叶满长安。此夜聚会夕,当时雷雨寒。兰桡殊未返,消息海云端。"(据《畿辅丛书》本《长江集》卷五） 2. 周邦彦《齐天乐》（秋思）："绿芜雕尽台城路，殊乡又逢秋晚。暮雨生寒，鸣蛩劝织，深阁时闻裁剪。云窗静掩。叹重拂罗茵，顿疏花簟。尚有练囊，露萤清夜照书卷。　　荆江留滞最久，故人相望处，离思何限？渭水西风，长安乱叶，空忆诗情宛转。凭高眺远。正玉液新篘，蟹螯初荐。醉倒山翁，但愁斜照敛。"（据《清真集》卷下） 3. 白朴《双调德胜乐》（秋）："玉露冷，蛩吟砌。听落叶西风渭水。寒雁儿长空嘹唳。陶元亮醉在东篱。"（据《散曲丛刊》本《阳春白雪补集》）又《梧桐雨》杂剧第二折《普天乐》："恨无穷，愁无限。争奈仓卒之际，避不得蓦岭登山。銮驾迁，成都盼。更那堪浐水西飞雁，一声声送上雕鞍。伤心故园。西风渭水，落日长安。"（据《元明杂剧》本）

十四

长调自以周、柳、苏、辛为最工。美成《浪淘沙慢》二词[1]，精壮顿挫，已开北曲之先声。若屯田之《八声甘州》[2]，东坡之《水调歌头》[3]，则伫兴之作，格高千古，不能以常调论也。

【注释】

1. 周邦彦《浪淘沙慢》："晓阴重，霜凋岸草，雾隐城堞。南陌脂车待发，东门帐饮乍阕。正拂面、垂杨堪揽结。掩红泪、玉手亲折。念汉浦离鸿去何许，经时信音绝。　　情切。望中地远天阔。向露冷风清无人处，耿耿寒漏咽。嗟万事难忘，唯是轻别。翠尊未竭。凭断云，留取西楼残月。　　罗带光销纹衾叠。连环解、旧香顿歇。怨歌永、琼壶敲尽缺。恨春去、不与人期，弄夜色，空余满地梨花雪。"（据《清真集》卷上）又一阕："万叶战，秋声露结，雁度沙碛。细草和烟尚绿，遥山向晚更碧。见隐隐、云边新月白。映落照、帘幕千家，听数声、何处倚楼笛。装点尽秋色。　　脉脉。旅情暗自消释。念珠玉、临水犹悲感，何况天涯客？忆少年歌酒，当时踪迹。岁华易老，衣带宽、懊恼心肠终窄。　　飞散后、风流人阻。兰桥约、怅恨路隔。马蹄过、犹嘶旧巷陌。叹往事、一一堪伤，旷望极。凝思又把阑干拍。”（据《清真集·补遗》）2. 柳永《八声甘州》：“对潇潇暮雨洒江天，一番洗清秋。渐霜风凄惨，关河冷落，残照当楼。是处红衰翠减，苒苒物华休。惟有长江水，无语东流。　　不忍登高临远，望故乡渺邈，归思难收。叹年来踪迹，何事苦淹留？想佳人、妆楼颙望，误几回、天际识归舟。争知我、倚阑干处，正恁凝愁。”（据《彊村丛书》本《乐章集》下卷）3. 苏轼《水调歌头》（丙辰中秋，欢饮达旦，大醉，作此篇，兼怀子由）：“明月几时有？把酒问青天。不知天上宫阙，今夕是何年。我欲乘风归去，又恐琼楼玉宇，高处不胜寒。起舞弄清影，何似在人间。　　转朱阁，低绮户，照无眠。不应有恨，何事长向别时圆。人有悲欢离合，月有阴晴圆缺，此事古难全。但愿人长久，千里共婵娟。”（据《东坡乐府笺》卷一）

十五

稼轩《贺新郎》词《别茂嘉十二弟》[1]，章法绝妙，且语语有境界，此能品而几于神者。然非有意为之，故后人不能学也。

【注释】

1. 辛弃疾《贺新郎》（别茂嘉十二弟）：“绿树听鹈鴂。更那堪、鹧鸪声住，杜鹃声切。啼到春归无寻处，苦恨芳菲都歇。算未抵、人间离别。马上琵琶关塞黑，更长门、翠辇辞金阙。看燕燕，送归妾。　　将军百战身名裂。向河梁、回头万里，故人长绝。易水萧萧西风冷，满座衣冠似雪。正壮士、悲歌未彻。啼鸟还知如许恨，料不啼清泪长啼血。谁共我，醉明月？”（据《稼轩长短句》卷一）

十六

稼轩《贺新郎》词："柳暗凌波路。送春归、猛风暴雨，一番新绿。"[1]又《定风波》词："从此酒酣明月夜，耳热。"[2]"绿""热"二字皆作上去用。与韩玉《东浦词》《贺新郎》[3]，以"玉""曲"叶"注""女"，《卜算子》[4]以"夜""谢"叶"食""月"（按"食"当作"节"，"食"在词中既非韵，在词韵中与"月"又非同部，想系笔误），已开北曲四声通押之祖。

【注释】

1. 辛弃疾《贺新郎》："柳暗凌波路。送春归、猛风暴雨，一番新绿。千里潇湘葡萄涨，人解扁舟欲去。又樯燕、留人相语。艇子飞来生尘步，唾花寒、唱我新番句。波似箭，催鸣橹。　黄陵祠下山无数。听湘娥、泠泠曲罢，为谁情苦。行到东吴春已暮。正江阔潮平稳渡。望金雀觚棱翔舞。前度刘郎今重到，问玄都千树花存否？愁为倩，么弦诉。"（据《稼轩长短句》卷一）　2. 辛弃疾《定风波》（自和）："金印累累佩陆离，河梁更赋断肠诗。莫拥旌旗真个去，何处？玉堂元自要论思。　且约风流三学士，同醉，春风看试几枪旗。从此酒酣明月夜，耳热。那边应是说依时。"（据《稼轩长短句》卷八）　3. 韩玉《贺新郎》（咏水仙）："绰约人如玉。试新妆娇黄半绿，汉宫匀注。倚傍小栏闲凝伫，翠带风前似舞。记洛浦当年俦侣。罗袜尘生香冉冉，料征鸿微步凌波女。惊梦断，楚江曲。　春工若见应为主。忍教都闲亭邃馆，冷风凄雨。待把此花都折取，和泪连香寄与。须信道离情如许。烟水茫茫斜照里，是骚人《九辩》招魂处。千古恨，与谁语？"（据汲古阁本《东浦词》）　4. 韩玉《卜算子》："杨柳绿成阴，初过寒食节。门掩金铺独自眠，那更逢寒夜。　强起立东风，惨惨梨花谢。何事王孙不早归，寂寞秋千月。"（据《东浦词》）

十七

谭复堂《箧中词选》谓："蒋鹿潭《水云楼词》与成容若、项莲生，二（原作"三"，依《箧中词》卷五改）百年间分鼎三足。"然《水云楼词》，小令颇有境界，长调惟存气格。《忆云词》精实有余，超逸不足，皆不足与容若比。然视皋文、止庵辈，则倜乎远矣。

十八

词家时代之说，盛于国初。竹垞谓：词至北宋而大，至南宋而深[1]。后此词人，群奉其说。然其中亦非无具眼者。周保绪曰："南宋下不犯北宋拙率之病，高不到北宋浑涵之诣。"又曰："北宋词多就景叙情，故珠圆玉润，四照玲珑。至稼轩、白石，一变而为即事叙景，使深者反浅，曲者反直。"[2]潘四农（德舆）曰："词滥觞于唐，畅于五代，而意格之闳深曲挚，则莫盛于北宋。词之有北宋，犹诗之有盛唐。至南宋则稍衰矣。"[3]刘融斋（熙载）曰："北宋词用密亦疏，用隐亦亮，用沉亦快，用细亦阔，用精亦浑。南宋只是掉转过来。"[4]可知此事自有公论。虽止庵词颇浅薄，潘、刘尤甚。然甚推尊北宋，则与明季云间诸公同一卓识也。

【注释】

1. 朱彝尊《词综发凡》："世人言词，必称北宋。然词至南宋始极其工，至宋季而始极其变。" 2. 见周济《介存斋论词杂著》。 3. 见潘德舆《养一斋集》卷二十二《与叶生名沣书》。 4. 见刘熙载《艺概》卷四《词曲概》。

十九

唐五代北宋之词，可谓“生香真色”。若云间诸公，则彩花耳。湘真且然，况其次也者乎。

二十

《衍波词》之佳者，颇似贺方回。虽不及容若，要在浙中诸子之上。近人词，如复堂词之深婉，彊村词之隐秀，皆在半塘老人上。彊村学梦窗，而情味较梦窗反胜。盖有临川、庐陵之高华，而济以白石之疏越者。学人之词，斯为极则。然古人自然神妙处，尚未见及。

二十一

宋直方（原作“尚木”，误。案徵舆字直方，尚木乃徵璧字，因据改。）《蝶恋花》：“新样罗衣浑弃却，犹寻旧日春衫着。”[1] 谭复堂《蝶恋花》：“连理枝头侬与汝，千花百草从渠许。”[2] 可谓寄兴深微。

【注释】

1. 宋徵舆《蝶恋花》：“宝枕轻风秋梦薄。红敛双蛾，颠倒垂金雀。新样罗衣浑弃却，犹寻旧日春衫着。　偏是断肠花不落。人苦伤心，镜里颜非昨。曾误当初青女约，只今霜夜思量着。”（据《半厂丛书》本《箧中词今集》卷一） 2. 谭献《蝶恋花》：“帐里迷离香似雾。不烬炉灰，酒醒闻余语。连理枝头侬与汝，千花百草从渠许。　莲子青青心独苦。一唱将离，日日风兼雨。豆蔻香残杨柳暮，当时人面无寻处。”（据《半厂丛书》本《复堂词》）

二十二

《半塘丁稿》中，和冯正中《鹊踏枝》十阕，乃鹜翁词之最精者。“望远愁多休纵目”等阕，郁伊惝恍，令人不能为怀。定稿只存六阕，殊未为允也[1]。

【注释】

1. 王鹏运《鹊踏枝》(冯正中《鹊踏枝》十四阕，郁伊惝恍，义兼比兴，蒙耆诵焉。春日端居，依次属和。就韵成词，无关寄托，而章句尤为凌杂。忆云生云：“不为无益之事，何以遣有涯之生？”三复前言，我怀如揭矣。时光绪丙申三月二十八日。录十)：“落蕊残阳红片片。懊恨比邻，尽日流莺转。似雪杨花吹又散，东风无力将春限。　慵把香罗裁便面。换到轻衫，欢意垂垂浅。襟上泪痕犹隐见，笛声催按《梁州遍》。”(其一)“斜日危阑凝伫久。问讯花枝，可是年时旧？浓睡朝朝如中酒，谁怜梦里人消瘦。　香阁帘栊烟阁柳。片霎氤氲，不信寻常有。休遣歌筵回舞袖，好怀珍重三春后。”(其二)“谱到阳关声欲裂。亭短亭长，杨柳那堪折。挑菜湔裙春事歇，带罗羞指同心结。　千里孤光同皓月。画角吹残，风外还呜咽。有限坠欢争忍说，伤生第一生离别。”(其三)“风荡春云罗样薄。难得轻阴，芳事休闲却。几日啼鹃花又落，绿笺莫忘深深约。　老去吟情浑寂寞。细雨檐花，空忆灯前酌。隔院玉箫声乍作，眼前何物供哀乐。”(其四)“漫说目成心便许。无据杨花，风里频来去。怅望朱楼难寄语，伤春谁念司勋误。　枉把游丝牵弱缕。几片闲云，迷却相思路。锦帐珠帘歌舞处，旧欢新恨思量否？”(其五)“昼日恹恹惊夜短。片霎欢娱，那惜千金换。燕睨莺颦春不管，敢辞弦索为君断。　隐隐轻雷闻隔岸。暮雨朝霞，咫尺迷银汉。独对舞衣思旧伴，龙山极目烟尘满。”(其六)“望远愁多休纵目。步绕珍丛，看笋将成竹。晓露暗垂珠霡霂，芳林一带如新浴。　檐外春山森碧玉。梦里骖鸾，记过清湘曲。自定新弦移雁足，弦声未抵归心促。”(其七)“谁遣春韶随水去？醉倒芳尊，忘却朝和暮。换尽大堤芳草路，倡条都是相思树。　　蜡烛有心灯解语。泪尽唇焦，此恨消沉否？坐对东风怜弱絮，萍飘后日知何处！”（其八）“对酒肯教欢意尽。醉醒恹恹，无那忺春困。锦字双行笺别恨，泪珠界破残妆粉。轻燕受风飞远近，消息谁传？盼断乌衣信。曲几无憀闲自隐，镜奁心事孤鸾鬓。”（其九）“几见花飞能上树？难系流光，枉费垂杨缕。筝雁斜飞排锦柱，只伊不解将春去。　　漫诩心情黏地絮，容易飘飏，那不惊风雨？倚遍阑干谁与语？思量有恨无人处。”（其十）（据原刻本《半塘丁稿·鹜翁集》）按：今《半塘定稿·鹜翁集》中存《鹊踏枝》六阕。计删第三、第六、第七、第九四阕。

二十三

固哉，皋文之为词也！飞卿《菩萨蛮》、永叔《蝶恋花》、子瞻《卜算子》，皆兴到之作，有何命意？皆被皋文深文罗织[1]。阮亭《花草蒙拾》谓：“坡公命宫磨蝎，生前为王珪、舒亶辈所苦，身后又硬受此差排。”[2]由今观之，受差排者，独一坡公已耶？

【注释】

1. 温庭筠《菩萨蛮》：“小山重叠金明灭，鬓云欲度香腮雪。懒起画蛾眉，弄妆梳洗迟。　　照花前后镜，花面交相映。新贴绣罗襦，双双金鹧鸪。”（据《金荃词》）张惠言《词选》评：“此感士不遇也。篇法仿佛《长门赋》。……‘照花’四句，《离骚》初服之意。”欧阳修《蝶恋花》，即冯延巳之《鹊踏枝》（已见卷上页 2 第三则注 1），据唐圭璋先生考证，此词为冯作。后亦收于欧阳集中，实误。《词选》评：“‘庭院深深’，闺中既以邃远也。‘楼高不见’，哲王又不寤也。‘章台游冶’，小人之径。‘雨横风狂’，政令暴急也。‘乱红飞去’，斥逐者非一人而已，殆为韩、范作乎？”苏轼《卜算子》

（黄州定慧院寓居作）："缺月挂疏桐，漏断人初静。谁见幽人独往来？缥缈孤鸿影。　　惊起却回头，有恨无人省。拣尽寒枝不肯栖，寂寞沙洲冷。"（据《东坡乐府笺》卷二）《词选》评："此东坡在黄州作。鲖阳居士云：'缺月'，刺明微也。'漏断'，暗时也。'幽人'，不得志也。'独往来'，无助也。'惊鸿'，贤人不安也。'回头'，爱君不忘也。'无人省'，君不察也。'拣尽寒枝不肯栖'，不偷安于高位也。'寂寞沙洲冷'，非所安也。此词与《考槃》诗极相似。" 2. 王士禛《花草蒙拾》："仆尝戏谓：坡公命宫磨蝎。湖州诗案，生前为王珪、舒亶辈所苦，身后又硬受此差排耶？"

二十四

贺黄公谓："姜论史词，不称其'软语商量'，而赏（原作"称"，依《词筌》改）其'柳昏花暝'，固知不免项羽学兵法之恨。"[1] 然"柳昏花暝"，自是欧秦辈句法，前后有画工化工之殊。吾从白石，不能附和黄公矣。

【注释】

1. 贺黄公语，见贺裳《皱水轩词筌》。姜论史词，见《中兴以来绝妙词选》卷七所引。"软语商量""柳昏花暝"，系史达祖《双双燕》（咏燕）句，已见卷上页 20 第三十八则注 1。

二十五

"池塘春草谢家春，万古千秋五字新。传语闭门陈正字，可怜无补费精神。"此遗山论诗绝句也。梦窗、玉田辈，当不乐闻此语。

二十六

朱子《清邃阁论诗》谓："古人诗中（原无"诗中"两字，依《朱子大全》增）有句，今人诗更无句，只是一直说将去。这般诗（原无"诗"字）一日作百首也得。"余谓北宋之词有句，南宋以后便无句。如玉田、草窗之词，所谓"一日作百首也得"者也。

二十七

朱子谓梅圣俞诗："不是平淡，乃是枯槁。"[1]余谓草窗、玉田之词亦然。

【注释】

1. 朱子语见《清邃阁论诗》。

二十八

"自怜诗酒瘦，难应接、许多春色。"[1]"能几番游？看花又是明年。"[2]此等语亦算警句耶？乃值如许笔力！

【注释】

1. 史达祖《喜迁莺》："月波疑滴，望玉壶天近，了无尘隔。翠眼圈花，冰丝织练，黄道宝光相直。自怜诗酒瘦，难应接、许多春色。最无赖，是随香趁烛，曾伴狂客。　踪迹。漫记忆，老了杜郎，忍听东风笛。柳院灯疏，梅厅雪在，谁与细倾春碧。旧情拘未定，犹自学、当年游历。怕万一，误玉人、夜寒帘隙。"（据《梅溪词》）　2. 张炎《高阳台》（西湖春感）："接叶巢莺，平波卷絮，断桥斜日归船。能几番游？看花又是明年。东风且伴蔷薇住，到蔷薇、春已堪怜。更凄然，万绿西泠，一抹荒烟。　　当年。燕子知何处？但苔深韦曲，草暗斜川。见说新愁，如今也到鸥边。无心再续笙歌梦，掩重门、浅醉闲眠。莫开帘，怕见飞花，怕听啼鹃。”（据《山中白云词》卷一）

二十九

文文山词，风骨甚高，亦有境界，远在圣与、叔夏、公谨诸公之上。亦如明初诚意伯词，非季迪、孟载诸人所敢望也。

三十

和凝《长命女》词：“天欲晓。宫漏穿花声缭绕，窗里星光少。　　冷霞寒侵帐额，残月光沉树杪。梦断锦闱空悄悄。强起愁眉小。”此词前半，不减夏英公《喜迁莺》也[1]。

【注释】

1. 夏竦《喜迁莺》词，见卷上页 5 第十则注 3。

三十一

宋《李希声诗话》曰：“唐（当作“古”）人作诗，正以风调高古为主。虽意远语疏，皆为佳作。后人有切近的当，气格凡下者，终使人可憎。”[1]余谓北宋词亦不妨疏远。若梅溪以降，正所谓“切近的当，气格凡下”者也。

【注释】

1. 见魏庆之《诗人玉屑》卷十引。

三十二

自竹垞痛贬《草堂诗余》，而推《绝妙好词》[1]，后人群附和之。不知《草堂》虽有亵诨之作，然佳词恒得十之六七。《绝妙好词》则除张、范、辛、刘诸家外，十之八九皆极无聊赖之词。古人云：小好小惭，大好大惭[2]，洵非虚语。

【注释】

1. 朱彝尊《书〈绝妙好词〉后》："词人之作，自《草堂诗余》盛行，屏去《激楚》《阳阿》，而《巴人》之唱齐进矣。周公谨《绝妙好词》选本，虽未尽醇，然中多俊语，方诸《草堂》所录，雅俗殊分。" 2. 韩愈《与冯宿论文书》："时时应事作俗下文字，下笔令人惭。及示人则以为好。小惭者亦蒙谓之小好，大惭者即必以为大好矣。"

三十三

梅溪、梦窗、玉田、草窗、西麓诸家，词虽不同，然同失之肤浅。虽时代使然，亦其才分有限也。近人弃周鼎而宝康瓠，实难索解。

三十四

余友沈昕伯（纮）自巴黎寄余《蝶恋花》一阕云："帘外东风随燕到。春色东来，循我来时道。一霎围场生绿草，归迟却怨春来早。　　锦绣一城春水绕。庭院笙歌，行乐多年少。着意来开孤客抱，不知名字闲花鸟。”此词当在晏氏父子间，南宋人不能道也。

三十五

“君王枉把平陈业，换得雷塘数亩田”[1]，政治家之言也；“长陵亦是闲丘陇，异日谁知与仲多”[2]，诗人之言也。政治家之眼，域于一人一事；诗人之眼，则通古今而观之。词人观物，须用诗人之眼，不可用政治家之眼。故感事、怀古等作，当与寿词同为词家所禁也。

【注释】

1. 罗隐《炀帝陵》：“入郭登桥出郭船，红楼日日柳年年。君王忍把平陈业，只换雷塘数亩田。”（据《四部丛刊》本《甲乙集》卷三） 2. 唐彦谦《仲山》（高祖兄仲山隐居之所）：“千载遗踪寄薜萝，沛中乡里汉山河。长陵亦是闲丘陇，异日谁知与仲多？”（据《晨风阁丛书》本《鹿门集拾遗》）

三十六

宋人小说，多不足信。如《雪舟脞语》谓：台州知府唐仲友眷官妓严蕊奴，朱晦庵系治之。及晦庵移去，提刑岳霖行部至台，蕊乞自便。岳问曰：“去将安归？”蕊赋《卜算子》词云“住也如何住”云云[1]。案：此词系仲友戚高宣教作，使蕊歌以侑觞者，见朱子纠唐仲友奏牍[2]。则《齐东野语》所纪朱唐公案[3]，恐亦未可信也。

【注释】

1. 陶宗仪《说郛》卷五十七引《雪舟脞语》："唐悦斋仲友，字与正，知台州。朱晦庵为浙东提举。数不相得，至于互申。寿皇问宰执二人曲直，对曰：'秀才争闲气耳。'悦斋眷官妓严蕊奴，晦庵捕送囹圄。提刑岳商卿霖行部疏决，蕊奴乞自便。宪使问去将安归，蕊奴赋《卜算子》，末云：'住也如何住，去也终须去。若得山花插满头，莫问奴归处。'宪笑而释之。" 2. 朱熹《朱子大全》卷十九《按唐仲友第四状》："五月十六日筵会，仲友亲戚高宣教撰曲一首，名《卜算子》。后一段云：'去又如何去，住又如何住。但得山花插满头，休问奴归处。'" 3. 周密《齐东野语》卷十七《朱唐交奏本末》："朱晦庵按唐仲友事，或云吕伯恭尝与仲友同书会，有隙，朱主吕，故抑唐，是不然也。盖唐平时恃才轻晦庵，而陈同父颇为朱所进，与唐每不相下。同父游台，尝狎籍妓，嘱唐为脱籍，许之。偶郡集，唐语妓云：'汝果欲从陈官人邪？'妓谢。唐云：'汝须能忍饥受冻乃可。'妓闻，大恚。自是陈至妓家，无复前之奉承矣。陈知为唐所卖，亟往见朱。朱问：'近日小唐云何？'答曰：'唐谓公尚不识字，如何作监司？'朱衔之，遂以部内有冤狱，乞再巡按。既至台，适唐出迎少稽，朱益以陈言为信。立索郡印，付以次官。乃摭唐罪具奏，而唐亦作奏驰上。时唐乡相王淮当轴，既进呈，上问王，王奏：'此秀才争闲气耳。'遂两平其事。详见周平园、王季海日记。而朱门诸贤所著《年谱》《道统录》，乃以季海右唐而并斥之，非公论也。其说闻之陈伯玉式卿，盖亲得之婺之诸吕云。"

三十七

《沧浪》[1]《凤兮》[2]二歌，已开《楚辞》体格。然《楚辞》之最工者，推屈原、宋玉，而后此之王褒、刘向之词不与焉。五古之最工者，实推阮嗣宗、左太冲、郭景纯、陶渊明，而前此曹、刘，后此陈子昂、李太白不与焉。词之最工者，实推后主、正中、永叔、少游、美成，而后此南宋诸公不与焉。

【注释】

1.《孟子·离娄上》有《孺子歌》曰："沧浪之水清兮，可以濯我缨。沧浪之水浊兮，可以濯我足。" 2.《论语·微子》："楚狂接舆歌而过孔子曰：'凤兮凤兮，何德之衰？往者不可谏，来者犹可追。已而已而，今之从政者殆而！'"

三十八

唐五代之词，有句而无篇。南宋名家之词，有篇而无句。有篇有句，唯李后主降宋后之作，及永叔、子瞻、少游、美成、稼轩数人而已。

三十九

读《会真记》者，恶张生之薄幸，而恕其奸非。读《水浒传》者，恕宋江之横暴，而责其深险。此人人之所同也。故艳词可作，唯万不可作儇薄语。龚定庵诗云："偶赋凌云偶倦飞，偶然闲慕遂初衣。偶逢锦瑟佳人问，便说寻春为汝归。"[1] 其人之凉薄无行，跃然纸墨间。余辈读耆卿、伯可词，亦有此感。视永叔、希文小词何如耶？

【注释】

1. 此为龚自珍《己亥杂诗》三百十五首之一。见《定庵续集》。

四十

词人之忠实，不独对人事宜然，即对一草一木，亦须有忠实之意，否则所谓游词也。

四十一

读《花间》《尊前集》，令人回想徐陵《玉台新咏》。读《草堂诗余》，令人回想韦縠《才调集》。读朱竹垞《词综》，张皋文、董子远（原误作"晋卿"）《词选》，令人回想沈德潜《三朝诗别裁集》。

四十二

明季国初诸老之论词，大似袁简斋之论诗，其失也纤小而轻薄。竹垞以降之论词者，大似沈归愚，其失也枯槁而庸陋。

四十三

东坡之旷在神，白石之旷在貌。白石如王衍，口不言阿堵物，而暗中为营三窟之计，此其所以可鄙也。

以上赵万里录自手稿

四十四

蕙风词小令似叔原，长调亦在清真、梅溪间，而沉痛过之。彊村虽富丽精工，犹逊其真挚也。天以百凶成就一词人，果何为哉！

四十五

蕙风《洞仙歌》（秋日游某氏园）[1]及《苏武慢》（寒夜闻角）[2]二阕，境似清真，集中他作，不能过之。

【注释】

1. 况周颐《洞仙歌》（秋日独游某氏园）："一晷闲缘借。便意行散缓，消愁聊且。有花迎径曲，鸟呼林罅。秋光取次披图画，恣远眺、登临台与榭。堪潇洒。奈脉断征鸿，幽恨翻萦惹。　忍把，鬓丝影里，袖泪寒边，露草烟芜，付与杜牧狂吟，误作少年游冶。残蝉肯共伤心话，问几见，斜阳疏柳挂。谁慰藉，到重阳，插菊携萸事真假。酒更贳，更有约东篱下。怕蹉跎霜讯，梦沉人悄西风乍。"（据《惜阴堂丛书》本《蕙风词》卷下） 2. 况周颐《苏武慢》（寒夜闻角）："愁入云遥，寒禁霜重，红烛泪深人倦。情高转抑，思往难回，凄咽不成清变。风际断时，迢递天街，但闻更点。枉教人回首，少年丝竹，玉容歌管。　凭作出、百绪凄凉，凄凉惟有，花冷月闲庭院。珠帘绣幕，可有人听？听也可曾肠断？除却塞鸿，遮莫城乌，替人惊惯。料南枝明日，应减红香一半。"（据《蕙风词》卷上）

以上赵万里录自《蕙风琴趣评语》

四十六

彊村词，余最赏其《浣溪沙》“独鸟冲波去意闲”二阕[1]，笔力峭拔，非他词可能过之。

【注释】

1. 朱祖谋《浣溪沙》：“独鸟冲波去意闲。坏霞如赭水如笺。为谁无尽写江天？　并舫风弦弹月上，当窗山髻挽云还。独经行地未荒寒。”（其一）“翠阜红厓夹岸迎。阻风滋味暂时生。水窗官烛泪纵横。　禅悦新耽如有会，酒悲突起总无名。长川孤月向谁明？”（其二）（据《彊村遗书》本《彊村语业》卷一）

四十七

蕙风《听歌》诸作，自以《满路花》为最佳[1]。至《题香南雅集图》诸词[2]，殊觉泛泛，无一言道着。

【注释】

1. 况周颐《满路花》（彊村有听歌之约，词以坚之）：“虫边安枕簟，雁外梦山河。不成双泪落，为闻歌。浮生何益，尽意付消磨。见说寰中秀，曼睩修蛾。旧家风度无过。　凤城丝管，回首惜铜驼。看花余老眼，重摩挲。香尘人海，唱彻《定风波》。点鬓霜如雨，未比愁多。问天还问嫦娥。”（梅郎兰芳以《嫦娥奔月》一剧蜚声日下）（据《蕙风词》卷下） 2. 按《题香南雅集图》诸词，无从查考。据赵尊岳《蕙风词史》，知《蕙风词》卷下之《戚氏》属之，因录如下。《戚氏》（沤尹为畹华索赋此调，走笔应之）：“伫飞鸾。萼绿仙子彩云端。影月娉婷，浣霞明艳，好谁看？华鬘，梦寻难。当歌掩泪十年闲。文园鬓雪如许，镜里长葆几朱颜？缟袂重认，红帘初卷，怕春暖也犹寒。乍维摩病榻，花雨催起，着意清欢。　　丝管。赚出婵娟。珠翠照映，老眼太辛酸。春宵短，系骢难稳，栩蝶须还。近尊前，暂许对影，香南笛语，遍写乌兰。番（去）风渐急，省识将离，已忍目断关山。（畹华将别去，道人先期作虎山之游避之。）　　念我沧江晚。消何逊笔，旧恨吟边。未解《清平调》苦，道苔枝、翠羽信缠绵。剧怜画罨瑶台、醉扶纸帐，争遣愁千万。算更无、月地云阶见，谁与诉、鹤守缘悭？甚素娥、暂缺能圆，更芳节、后约是今番。耐清寒惯，梅花赋也，好好纫兰。”

以上赵万里自《丙寅日记》所记先生论学语中摘出

补遗

一

（皇甫松）词，黄叔旸称其《摘得新》二首[1]，为有达观之见[2]。余谓不若《忆江南》二阕[3]，情味深长，在乐天、梦得上也。

【注释】

1. 皇甫松《摘得新》："酌一卮。须教玉笛吹。锦筵红蜡烛，莫来迟。繁红一夜经风雨，是空枝。"（其一）"摘得新。枝枝叶叶春。管弦兼美酒，最关人。平生都得几十度，展香茵。"（其二）（据观堂自辑本《檀栾子词》） 2. 黄升语见《历代诗余》卷一百十三引。 3. 皇甫松《忆江南》："兰烬落，屏上暗红蕉。闲梦江南梅熟日，夜船吹笛雨潇潇。人语驿边桥。"（其一）"楼上寝，残月下帘旌。梦见秣陵惆怅事，桃花柳絮满江城。双髻坐吹笙。"（其二）（据《檀栾子词》）

二

端己词情深语秀，虽规模不及后主、正中，要在飞卿之上。观昔人颜、谢优劣论[1]可知矣。

【注释】

1.《南史·颜延之传》："延之尝问鲍照己与灵运优劣，照曰：'谢五言如初发芙蓉，自然可爱。君诗如铺锦列绣，亦雕缋满眼。'"又钟嵘《诗品》："汤惠休曰：'谢诗如芙蓉出水，颜如错采镂金。'颜终身病之。"

三

（毛文锡）词比牛、薛诸人殊为不及。叶梦得谓："文锡词以质直为情致，殊不知流于率露。诸人评庸陋词者，必曰：此仿毛文锡之《赞成功》[1]而不及者。"其言是也。

【注释】

1. 毛文锡《赞成功》："海棠未坼，万点深红。香包缄结一重重。似含羞态，邀勒春风。蜂来蝶去，任绕芳丛。　昨夜微雨，飘洒庭中。忽闻声滴井边桐。美人惊起，坐听晨钟。快教折取，戴玉珑璁。"（据观堂自辑本《毛司徒词》）

四

（魏承班）词逊于薛昭蕴、牛峤而高于毛文锡，然皆不如王衍。五代词以帝王为最工，岂不以无意于求工欤？

五

（顾）敻词在牛给事、毛司徒间。《浣溪沙》（春色迷人）一阕[1]，亦见《阳春录》。与《河传》《诉衷情》数阕[2]，当为敻最佳之作矣。

【注释】

1. 顾敻《浣溪沙》："春色迷人恨正赊。可堪荡子不还家。细风轻露着梨花。　帘外有情双燕飏，槛前无力绿杨斜。小屏狂梦极天涯。"（据《顾太尉词》） 2. 顾敻《河传》："燕飏，晴景。小窗屏暖，鸳鸯交颈。菱花掩却翠鬓欹，慵整。海棠帘外影。　　绣帏香断金鸂鶒，无消息，心事空相忆。倚东风，春正浓，愁红，泪痕衣上重。”（其一）“曲槛，春晚。碧流纹细，绿杨丝软。露花鲜□杏枝繁，莺啭。野芜平似翦。　　直是人间到天上，堪游赏，醉眼疑屏幛。对池塘，惜韶光，断肠，为花须尽狂。”（其二）“棹举，舟去。波光渺渺，不知何处。岸花汀草共依依，雨微。鹧鸪相逐飞。　　天涯离恨江声咽，啼猿切，此意向谁说。舣兰桡，独无憀，魂销，小炉香欲焦。”（其三）又，集中《诉衷情》凡两阕，其一已见页37第十则注2。其另一如下：“香灭帘垂春漏永，整鸳衾。罗带重，双凤缕黄金。　　窗外月光临。□沉沉。□断肠无处，寻□□，负春心。”（据《顾太尉词》）

六

（毛熙震，）周密《齐东野语》称其词新警而不为儇薄[1]。余尤爱其《后庭花》[2]，不独意胜，即以调论，亦有隽上清越之致，视文锡蔑如也。

【注释】

1. 周密语见《历代诗余》卷一百十三引，今传各本均阙。　2. 毛熙震《后庭花》：“莺啼燕语芳菲节，瑞庭花发。昔时欢宴歌声揭，管弦清越。　　自从陵谷追游歇，画梁尘黦。伤心一片如珪月，闲锁宫阙。”（其一）“轻盈舞伎含芳艳，竞妆新脸。步摇珠翠修蛾敛，腻鬟云染。　　歌声慢发开檀点，绣衫斜掩。时将纤手匀红脸，笑拈金靥。”（其二）“越罗小袖新香茜，薄笼金钏。倚栏无语摇金扇，半遮匀面。　　春残日暖莺娇懒，满庭花片。争不教人长相见，画堂深院。”（其三）（据观堂自辑本《毛秘书词》）

七

（阎选）词唯《临江仙》第二首[1]有轩翥之意，余尚未足与于作者也。

【注释】

1. 阎选《临江仙》："十二高峰天外寒，竹梢轻拂仙坛。宝衣行雨在云端。画帘深殿，香雾冷风残。　欲问楚王何处去？翠屏犹掩金鸾。猿啼明月照空滩。孤舟行客，惊梦亦艰难。"（据观堂自辑本《阎处士词》）

八

昔沈文悫深赏（张）泌"绿杨花扑一溪烟"[1]为晚唐名句[2]。然其词如"露浓香泛小庭花"[3]，较前语似更幽艳也。

【注释】

1. 张泌《洞庭阻风》："空江浩荡景萧然，尽日菰蒲泊钓船。青草浪高三月渡，绿杨花扑一溪烟。情多莫举伤春目，愁极兼无买酒钱。犹有渔人数家住，不成村落夕阳边。"（据《全唐诗》卷七百四十二）　2. 沈文悫语见《唐诗别裁》卷十六，张蠙《夏日题老将林亭》一诗后评语。　3. 张泌《浣溪沙》："独立寒阶望月华。露浓香泛小庭花。绣屏愁背一灯斜。　云雨自从分散后，人间无路到仙家。但凭魂梦访天涯。"（据观堂自辑本《张舍人词》）

九

（孙光宪词，）昔黄玉林赏其"一庭花（当作"疏"）雨湿春愁"[1]为古今佳句[2]。余以为不若"片帆烟际闪孤光"[3]尤有境界也。

【注释】

1. 孙光宪《浣溪沙》:“揽镜无言泪欲流。凝情半日懒梳头。一庭疏雨湿春愁。　杨柳只知伤怨别，杏花应信损娇羞。泪沾魂断轸离忧。”（据观堂自辑本《孙中丞词》） 2. 黄升语见《历代诗余》卷一百十三引。 3. 孙光宪《浣溪沙》:“蓼岸风多橘柚香。江边一望楚天长。片帆烟际闪孤光。　目送征鸿飞杳杳，思随流水去茫茫。兰红波碧忆潇湘。”（据《孙中丞词》）

以上录自《唐五代二十一家词辑诸跋》

十

先生（周清真）于诗文无所不工，然尚未尽脱古人蹊径。平生著述，自以乐府为第一。词人甲乙，宋人早有定论[1]，惟张叔夏病其意趣不高远[2]。然北宋人如欧、苏、秦、黄，高则高矣，至精工博大，殊不逮先生。故以宋词比唐诗，则东坡似太白，欧、秦似摩诘，耆卿似乐天，方回、叔原则大历十子之流。南宋惟一稼轩可比昌黎。而词中老杜则非先生不可。昔人以耆卿比少陵[3]，犹为未当也。

【注释】

1. 陈振孙《直斋书录解题》集部歌词类《清真词》二卷《后集》一卷下云:“周邦彦美成撰，多用唐人诗语，檃栝入律，浑然天成。长调尤善铺叙，富艳精工，词人之甲乙也。” 2. 张炎《词源》卷下:“美成词只当看他浑成处，于软媚中有气魄。采唐诗融化如自己者，乃其所长。惜乎意趣却不高远。” 3. 张端义《贵耳集》卷上:“项平斋……训:‘学诗当学杜诗，学词当学柳词。’杜诗、柳词，皆无表德，只是实说。”

十一

先生（清真）之词，陈直斋谓其多用唐人诗句檃栝入律，浑然天成。张玉田谓其善于融化诗句，然此不过一端，不如强焕云“模写物态，曲尽其妙”[1]为知言也。

【注释】

1. 见汲古阁本《片玉词》强焕《题周美成词》。

十二

山谷云：“天下清景，不择贤愚而与之，然吾特疑端为我辈设。”[1]诚哉是言！抑岂独清景而已，一切境界，无不为诗人设。世无诗人，即无此种境界。夫境界之呈于吾心而见于外物者，皆须臾之物，惟诗人能以此须臾之物，镌诸不朽之文字，使读者自得之。遂觉诗人之言，字字为我心中所欲言，而又非我之所能自言，此大诗人之秘妙也。境界有二：有诗人之境界，有常人之境界。诗人之境界，惟诗人能感之而能写之，故读其诗者亦高举远慕，有遗世之意。而亦有得有不得，且得之者亦各有深浅焉。若夫悲欢离合、羁旅行役之感，常人皆能感之，而惟诗人能写之。故其入于人者至深，而行于世也尤广。先生（清真）之词，属于第二种为多。故宋时别本之多，他无与匹[2]。又和者三家[3]，注者二家[4]（强焕本亦有注，见毛跋）。自士大夫以至妇人女子，莫不知有清真，而种种无稽之言，亦由此以起[5]。然非入人之深，乌能如是耶？

【注释】

1. 此数语见释惠洪《冷斋夜话》卷三。 2. 观堂先生《清真先生遗事·著述二》:"案先生词集,……其古本则见于《景定严州续志》《花庵词选》者曰《清真诗余》;见于《词源》者曰《圈法美成词》;见于《直斋书录》者曰《清真词》,曰曹杓《注清真词》。又与方千里、杨泽民《和清真词》合刻者曰《三英集》(见毛晋《方千里〈和清真词〉跋》)。子晋所藏《清真集》,……其源亦出宋本,加以溧水本,是宋时已有七本。……别本之多,为古今词家所未有。" 3. 宋人之和清真全词者有方千里《和清真词》(汲古阁刻《宋六十名家词》本)、杨泽民《和清真词》(江标刻《宋元名家词》本)及陈允平《西麓继周集》(朱祖谋刻《彊村丛书》本)三家。 4. 宋人注《清真词》者有曹杓、陈元龙两家。曹注已佚,陈注即《彊村丛书》本《片玉集》。 5. 宋人笔记之记清真轶事者甚多。若张端义《贵耳集》、周密《浩然斋雅谈》、王明清《挥麈余话》、王灼《碧鸡漫志》等书均有,类多无稽之言。观堂先生于《清真先生遗事·事迹一》中一一辨之,斥为好事者为之也。

十三

楼忠简谓先生(清真)妙解音律[1]。惟王晦叔《碧鸡漫志》谓:"江南某氏者,解音律,时时度曲。周美成与有瓜葛,每得一解,即为制词,故周集中多新声。"[2]则集中新曲,非尽自度。然"顾曲名堂,不能自已",固非不知音者。故先生之词,文字之外,须兼味其音律。惟词中所注宫调,不出教坊十八调之外。则其音非大晟乐府之新声,而为隋唐以来之燕乐,固可知也。今其声虽亡,读其词者,犹觉拗怒之中,自饶和婉;曼声促节,繁会相宣;清浊抑扬,辘轳交往。两宋之间,一人而已。

【注释】

1. 楼钥《清真先生文集序》:“公……性好音律，如古之妙解，顾曲名堂，不能自已。” 2. 见《碧鸡漫志》卷第二。

以上录自《清真先生遗事·尚论三》

十四

(《云谣集杂曲子》)《天仙子》词[1]，特深峭隐秀，堪与飞卿、端己抗行。

【注释】

1. 在《云谣集杂曲子》内有《天仙子》二首，但观堂先生写此文时，犹仅见其一，惟不知为何首耳。兹将两首一并录之:“燕语啼时三月半，烟蘸柳条金线乱。五陵原上有仙娥，携歌扇。香烂漫，留住九华云一片。　犀玉满头花满面，负妾一双偷泪眼。泪珠若得似珍珠，拈不散。知何限?串向红丝应百万。”(其一)“燕语莺啼惊觉梦，羞见鸾台双舞凤。天仙别后信难通，无人问，花满洞。休把同心千遍弄。　叵耐不知何处去，正是花开谁是主?满楼明月应三更，无人语，泪如雨。便是思君肠断处。”(其二)

以上录自《观堂集林·唐写本〈云谣集杂曲子〉跋》

十五

(王)以凝词句法精壮，如和虞彦恭寄钱逊升(当作“叔”)《蓦山溪》一阕[1]、重午登霞楼《满庭芳》一阕[2]、舣舟洪江步下《浣溪沙》一阕[3]，绝无南宋浮艳虚薄之习。其他作亦多类是也。

【注释】

1. 王周士《蓦山溪》（和虞彦恭寄钱逊叔）："平山堂上，侧戋歌南浦。醉望五州山，渺千里银涛东注。钱郎英远，满腹贮精神，窥素壁，墨栖鸦，历历题诗处。　　风裘雪帽，踏遍荆湘路。回首古扬州，沁天外残霞一缕。德星光次，何日照长沙，渔父曲，竹枝词，万古歌来暮。"（据《彊村丛书》本《王周士词》） 2. 王周士《满庭芳》（重午登霞楼）："千古黄州，雪堂奇胜，名与赤壁齐高。竹楼千字，笔势压江涛。笑问江头皓月，应曾照、今古英豪。菖蒲酒，窊尊无恙，聊共访临皋。　　陶陶。谁晤对，粲花吐论，宫锦纫袍。借银涛雪浪，一洗尘劳。好在江山如画，人易老、双鬓难莍。升平代，凭高望远，当赋《反离骚》。"（据《王周士词》） 3. 王周士《浣溪沙》（舣舟洪江步下）："起看船头蜀锦张。沙汀红叶舞斜阳。杖挐惊起睡鸳鸯。木落群山雕玉□，霜和冷月浸澄江。疏篷今夜梦潇湘。"（据《王周士词》）

以上录自《观堂别集·跋〈王周士词〉》

十六

有明一代，乐府道衰。《写情》《扣舷》，尚有宋元遗响。仁宣以后，兹事几绝。独文愍（夏言）以魁硕之才，起而振之。豪壮典丽，与于湖、剑南为近。

以上录自《观堂外集·桂翁词跋》

十七、《人间词甲稿》序

王君静安将刊其所为《人间词》，诒书告余曰："知我词者莫如子，叙之亦莫如子宜。"余与君处十年矣，比年以来，君颇以词自娱。余虽不能词，然喜读词。每夜漏始下，一灯荧然，玩古人之作，未尝不与君共。君成一阕，易一字，未尝不以讯余。既而睽离，苟有所作，未尝不邮以示余也。然则余于君之词，又乌可以无言乎？

夫自南宋以后，斯道之不振久矣！元、明及国初诸老，非无警句也，然不免乎局促者，气困于雕琢也。嘉道以后之词，非不谐美也，然无救于浅薄者，意竭于摹拟也。君之于词，于五代喜李后主、冯正中，于北宋喜永叔、子瞻、少游、美成，于南宋除稼轩、白石外，所嗜盖鲜矣。尤痛诋梦窗、玉田，谓梦窗砌字，玉田垒句，一雕琢，一敷衍，其病不同，而同归于浅薄。六百年来词之不振，实自此始。

其持论如此。及读君自所为词，则诚往复幽咽，动摇人心，快而沉，直而能曲，不屑屑于言词之末，而名句间出，殆往往度越前人。至其言近而旨远，意决而辞婉，自永叔以后，殆未有工如君者也。君始为词时，亦不自意其至此，而卒至此者，天也，非人之所能为也。若夫观物之微，托兴之深，则又君诗词之特色。求之古代作者，罕有伦比。呜呼！不胜古人不足以与古人并，君其知之矣。世有疑余言者乎，则何不取古人之词与君词比类而观之也？

光绪丙午三月　山阴樊志厚叙

十八、《人间词乙稿》序

去岁夏，王君静安集其所为词，得六十余阕，名曰《人间词甲稿》，余既叙而行之矣。今冬复汇所作词为《乙稿》，丐余为之叙。余其敢辞。

乃称曰：文学之事，其内足以摅己而外足以感人者，意与境二者而已。上焉者意与境浑，其次或以境胜，或以意胜。苟缺其一，不足以言文学。原夫文学之所以有意境者，以其能观也。出于观我者，意余于境；而出于观物者，境多于意。然非物无以见我，而观我之时，又自有我在。故二者常互相错综，能有所偏重，而不能有所偏废也。文学之工不工，亦视其意境之有无与其深浅而已。自夫人不能观古人之所观，而徒学古人之所作，于是始有伪文学。学者便之，相尚以辞，相习以模拟，遂不复知意境之为何物，岂不悲哉！

苟持此以观古今人之词，则其得失可得而言焉。温、韦之精艳所以不如正中者，意境有深浅也。珠玉所以逊六一、小山所以愧淮海者，意境异也。美成晚出，始以辞采擅长，然终不失为北宋人之词者，有意境也。南宋词人之有意境者，唯一稼轩，然亦若不欲以意境胜。白石之词，气体雅健耳，至于意境，则去北宋人远甚。及梦窗、玉田出，并不求诸气体，而惟文字之是务，于是词之道熄矣。自元讫明，益以不振。至于国朝，而纳兰侍卫以天赋之才，崛起于方兴之族。其所为词，悲凉顽艳，独有得于意境之深，可谓豪杰之士，奋乎百世之下者矣。同时朱、陈，既非劲敌；后世项、蒋，尤难鼎足。至乾嘉以降，审乎体格韵律之间者愈微，而意味之溢于字句之表者愈浅。岂非拘泥文字而不求诸意境之失欤？抑观我观物之事自有天在，固难期诸流俗欤？余与静安，均夙持此论。

静安之为词，真能以意境胜。夫古今人词之以意胜者，莫若欧阳公；以境胜者，莫若秦少游；至意境两浑，则惟太白、后主、正中数人足以当之。静安之词，大抵意深于欧，而境次于秦。至其合作，如《甲稿·浣溪沙》之“天末同云”[1]、《蝶恋花》之“昨夜梦中”[2]、《乙稿·蝶恋花》之“百尺朱楼”[3]等阕，皆意境两忘，物我一体，高蹈乎八荒之表，而抗心乎千秋之间，骎骎乎两汉之疆域广于三代，贞观之政治隆于武德矣。方之侍卫，岂徒伯仲。此固君所得于天者独深，抑岂非致力于意境之效也。至君词之体裁，亦与五代北宋为近。然君词之所以为五代北宋之词者，以其有意境在。若以其体裁故，而至遽指为五代北宋，此又君之不任受。固当与梦窗、玉田之徒，专事摹拟者，同类而笑之也。

光绪三十三年十月　山阴樊志厚叙

【注释】

1.《浣溪沙》："天末同云黯四垂。失行孤雁逆风飞。江湖寥落尔安归？陌上金丸看落羽，闺中素手试调醯。今宵欢宴胜平时。" 2.《蝶恋花》："昨夜梦中多少恨。细马香车，两两行相近。对面似怜人瘦损，众中不惜搴帷问。　陌上轻雷听渐隐。梦里难从，觉后那堪讯？蜡泪窗前堆一寸，人间只有相思分。" 3.《蝶恋花》："百尺朱楼临大道。楼外轻雷，不问昏和晓。独倚阑干人窈窕，闲中数尽行人小。　一霎车尘生树杪。陌上楼头，都向尘中老。薄晚西风吹雨到，明朝又是伤流潦。"

以上录自《观堂外集》

十九

欧公《蝶恋花》"面旋落花"云云[1]，字字沉响，殊不可及。

【注释】

1. 欧阳修《蝶恋花》："面旋落花风荡漾。柳重烟深，雪絮飞来往。雨后轻寒犹未放，春愁酒病成惆怅。　枕畔屏山围碧浪。翠被华灯，夜夜空相

向。寂寞起来褰绣幌，月明正在梨花上。”（据《欧阳文忠公近体乐府》卷二）

以上陈乃乾录自先生旧藏《六一词》眉间批语

二十

《片玉词》“良夜灯光簇如豆”[1]一首，乃改山谷《忆帝京》词[2]为之者。似屯田最下之作，非美成所宜有也[3]。

【注释】

1. 周邦彦《青玉案》：“良夜灯光簇如豆。占好事，今宵有。酒罢歌阑人散后。琵琶轻放，语声低颤，灭烛来相就。　玉体偎人情何厚。轻惜轻怜转唧嗰。雨散云收眉儿皱。只愁彰露，那人知后，把我来僝僽。”（据《清真集·补遗》） 2. 黄庭坚《忆帝京》（私情）：“银烛生花如红豆。占好事，而今有。人醉曲屏深，借宝瑟、轻招手。一阵白蘋风，故灭烛、教相就。　花带雨、冰肌香透。恨啼鸟、辘轳声晓，岸柳微凉吹残酒。断肠时至今依旧，镜中消瘦。那人知后，怕夯你来僝僽。”（据《彊村丛书》本《山谷琴趣外篇》卷之二） 3. 杨易霖《周词订律补遗》上本词后注云：“王静安先生云此词乃改山谷《忆帝京》词为之者，决非美成作。案《绿窗新话》引《古今词话》，淮海《御街行》词与美成此词亦多相合，未知孰是。”似杨氏亦曾悉先生有此语，惟不知所见之处耳。

以上陈乃乾录自先生旧藏《片玉词》眉间批语

二十一

温飞卿《菩萨蛮》：“雨后却斜阳，杏花零落香。”[1]少游之

“雨余芳草斜阳。杏花零落（当作“乱”）燕泥香”[2]虽自此脱胎，而实有出蓝之妙。

【注释】

1. 温庭筠《菩萨蛮》：“南园满地堆轻絮，愁闻一霎清明雨。雨后却斜阳，杏花零落香。　　无言匀睡脸，枕上屏山掩。时节欲黄昏，无聊独倚门。”（据《金荃词》） 2. 秦观《画堂春》（或刻山谷年十六作）：“东风吹柳日初长，雨余芳草斜阳。杏花零乱燕泥香，睡损红妆。　　宝篆烟消龙凤，画屏云锁潇湘。夜寒微透薄罗裳，无限思量。”（宋本《淮海长短句》不载，据汲古阁刻本《淮海词》）

二十二

白石尚有骨，玉田则一乞人耳。

二十三

美成词多作态，故不是大家气象。若同叔、永叔虽不作态，而一笑百媚生矣。此天才与人力之别也。

二十四

周介存谓白石以诗法入词，门径浅狭，如孙过庭书，但便后人模仿。予谓近人所以崇拜玉田，亦由于此。

二十五

予于词，五代喜李后主、冯正中而不喜《花间》。宋喜同叔、永叔、子瞻、少游而不喜美成。南宋只爱稼轩一人，而最恶梦窗、玉田。介存《词辨》所选词，颇多不当人意，而其论词则多独到之语。始知天下固有具眼人，非予一人之私见也。

以上陈乃乾录自先生旧藏《词辨》眉间批语

附录

《人间词话》手稿

手稿本为王国维最初写作《人间词话》之稿本，凡一百二十五则。手稿本前三十则主要是对传统诗词理论的辨析与引申，第三十一则提出境界说之后，才有对境界的诠释和分类等条目。自第三十一则后，近现代西方的哲学、美学话语以一种参证的方式融入进来。

1908、1909 年之交，王国维从手稿本中择录六十四则（含发表时新写一则）刊发于《国粹学报》，这是《人间词话》定稿本的上卷；1928 年 3 月，赵万里从王国维《人间词话》手稿中录出四十四则刊登于《小说月报》第 19 卷第 3 号，题曰《人间词话未刊稿及其他》，这是《人间词话》定稿的下卷；1940 年开明书店出版徐调孚《校注人间词话》，徐调孚在两卷本之外从《唐五代二十一家词辑》诸跋、《清真先生遗事·尚论三》等文献中另辑“补遗”一卷，共十八则；1947 年开明书店重印《校注人间词话》时，徐调孚又将陈乃乾从王国维旧藏《六一词》《片玉词》《词辨》中录出的七则眉批补入“补遗”中。

因为王国维从手稿本中择录的六十四则词话是经过其亲自编订的，其中隐然有一种体系化的安排，所以对照《人间词话》的手稿本和定稿本，可以从中窥见王国维词学思想发展的一条轨迹。

人间詞話　　　　海甯王國維

詩蒹葭一篇最得風人深致晏同叔之昨夜西風凋碧樹獨上高樓望盡天涯路〔意頗近之〕但一灑落一悲壯耳

古今之成大事業大學問者罔不經〔過〕三種之境界昨夜西風凋碧樹獨上高樓望盡天涯路此第一境界也衣帶漸寬終不悔為伊消得人憔悴〔歐陽永叔〕此第二境界也衆裏尋他千百度回頭驀見那人正在燈火闌珊處〔辛幼安〕此第三境界也此等語皆非大詞人不能道然遽以此意解釋諸詞恐為晏歐諸公所不許也

太白純以氣象勝西風殘照漢家陵闕寥寥八字獨有千古後世唯范文正之漁家傲夏英公之喜遷鶯差堪繼武然氣

家已遠不逮矣

張皐文謂飛卿之詞深美閎約余謂此四字唯馮正中足以當之劉融齋謂飛卿精艷絕人差近之耳

南唐中主詞菡萏香銷翠葉殘西風愁起綠波間大有衆芳蕪穢美人遲莫之感乃古今獨賞其細雨夢回雞塞遠小樓吹徹玉笙寒故知解人正不易得

馮正中詞雖不失五代風格而堂廡特大開北宋一代風氣中後二主皆未逮其精詣花間於南唐人詞中雖錄張泌作獨不登正中隻字豈當時文采為功名所掩耶

大家之作其言情也必沁人心脾其寫景也必豁人耳目其辭脫口而出無

沈伯時樂府指迷云說桃不可直說桃須用紅雨劉郎等字說柳不可直說破柳須用章臺灞岸等事若惟恐人不用替代字者果以是為工則古今類書具在又安用詞為耶宜其為提要所譏也

矯揉裝束之態以其所見者真所知者深故也持此以衡古今之作者百不失一此余所以不免有北宋後無詞之嘆也

美成詞深遠之致不及歐秦唯言情體物窮極工巧故不失為第一流之作者但恨創調之才多創意之才少耳

詞最忌用替代字美成解語花之桂華流瓦境界極妙惜以桂華二字代月耳其所以然者非意不足則語不妙也蓋夢窗以下則用代字更多語妙則不必代意足則不暇代此少游之小樓連苑繡轂雕鞍所以為東坡所譏也

南宋詞人白石有格而無情劍南有氣而乏韻其堪與北宋人頡頏者唯一幼安耳近人祖南宋而祧北宋以南宋之詞

光緒　年　月　日　二

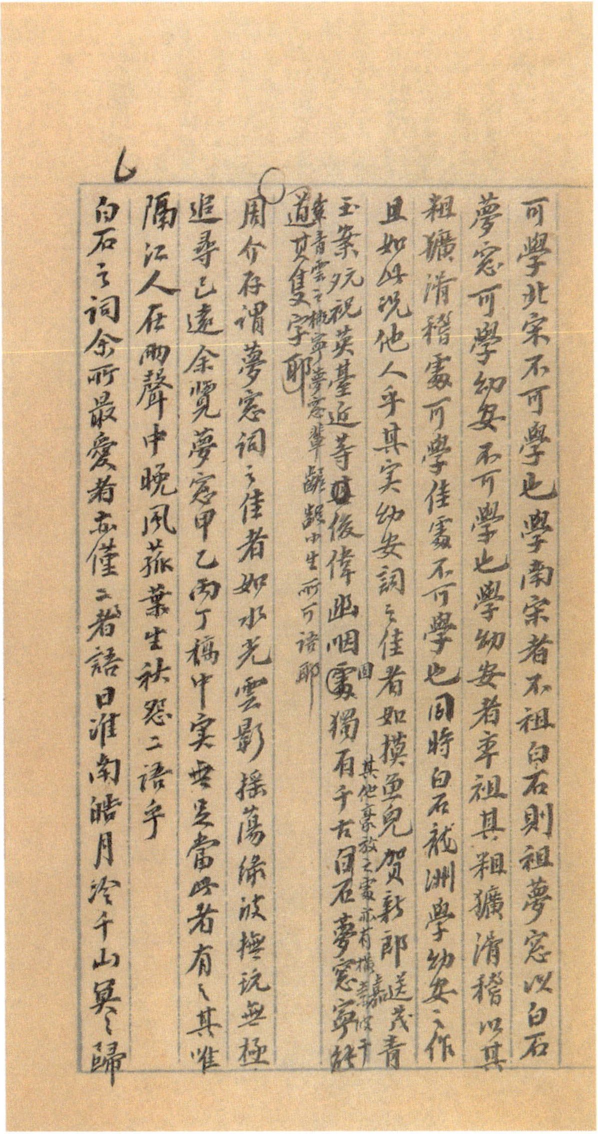

可學北宋不可學也學南宋者不祖白石則祖夢窗以白石夢窗可學幼安不可學也學幼安者率祖其粗獷滑稽以其粗獷滑稽處可學佳處不可學也同時白石龍洲學幼安之作且如此況他人乎其實幼安詞之佳者如摸魚兒賀新郎送茂嘉青玉案元夕祝英臺近等俊偉幽咽固獨有千古其他豪放之處亦有橫素波干青雲之概寧夢窗輩齷齪小生所可語耶

周介存謂夢窗詞之佳者如水光雲影搖蕩綠波撫玩無極追尋已遠余覽夢窗甲乙丙丁稿中實無足當此者有之其唯隔江人在雨聲中晚風菰葉生秋怨二語乎

白石之詞余所最愛者亦僅二語曰淮南皓月冷千山冥冥歸

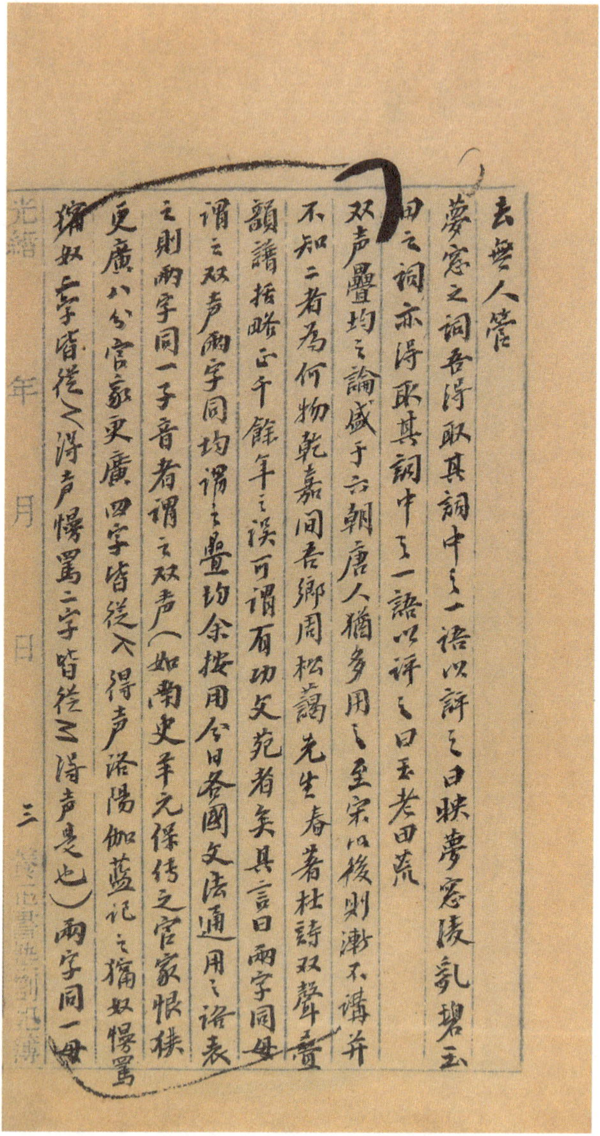

去無人管

夢窗之詞吾得取其詞中之一語以評之曰映夢窗淩亂碧玉田之詞亦得取其詞中之一語以評之曰玉老田荒

双声疊均之論盛于六朝唐人猶多用之至宋以後則漸不講并不知二者為何物乾嘉間吾鄉周松靄先生春著杜詩双聲疊韻譜括略正千餘年之誤可謂有功文苑者矣其言曰兩字同母謂之双声兩字同均謂之疊均余按用今日各國文法通用之語表之則兩字同一子音者謂之双声（如南史羊元保傳之宮家恨狭更廣八分宮家更廣四字皆從K得声洛陽伽藍記之獰奴慢罵獰奴二字皆從N得声慢罵二字皆從M得声是也）兩字同一母

三

音者謂之疊均（如梁武帝後牖有朽柳後牖有三字双声而兼疊均有朽柳三字其母音皆為u劉孝綽之梁皇長康強梁長強三字其母音皆為iang也）自李淑詩苑偽造沈約之説以双声疊均為詩中八病之二後世詩家多廢而不講亦不復用之于詞余謂苟于詞之蕩漾處多用疊均促節處用双声則其鏗鏘可誦必有過于前人者惜世之講音律者尚未悟此也

昔人但知双声之不拘四聲不知疊均亦不拘平上去三声凡字之同母音者雖平仄有殊皆疊均也

詩至唐中葉以後殆為羔雁之具矣故五代北宋之詩佳者而詞則為其極盛時代即詩詞兼擅如永叔少游者亦詞

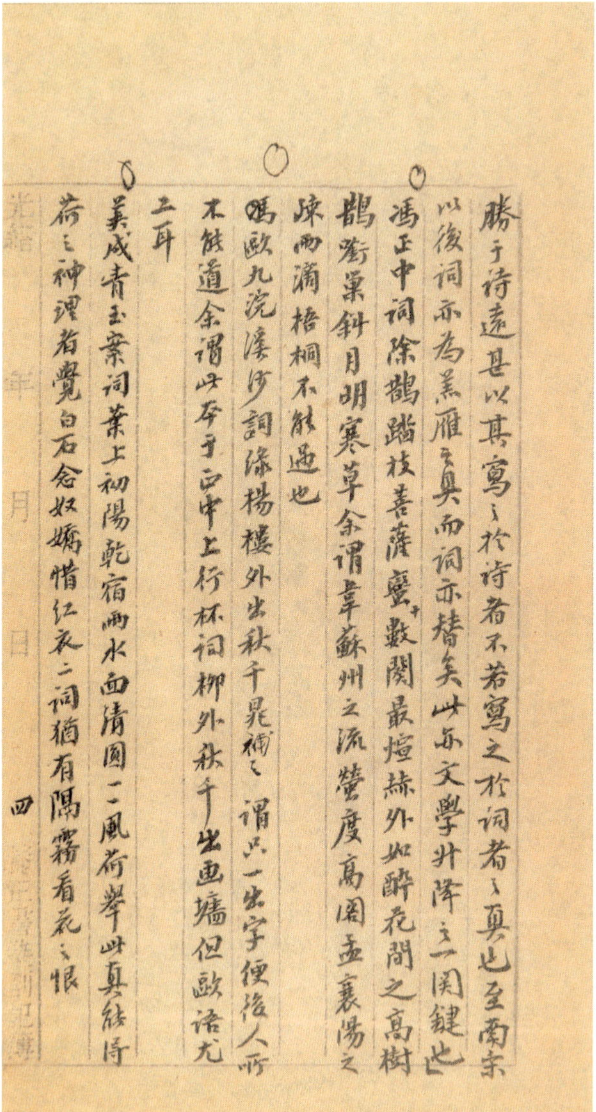

勝於詩遠甚以其寫之於詩者不若寫之於詞者之真也至南宋以後詞亦為羔雁之具而詞亦替矣此亦文學升降之一關鍵也

○馮正中詞除鵲踏枝菩薩蠻十數闋最煊赫外如醉花間之高樹鵲銜巢斜月明寒草余謂韋蘇州之流螢度高閣孟襄陽之疏雨滴梧桐不能過也

○~~馮~~歐九浣溪沙詞綠楊樓外出秋千晁補之謂只一出字便後人所不能道余謂此本於正中上行杯詞柳外秋千出畫墻但歐語尤工耳

○美成青玉案詞葉上初陽乾宿雨水面清圓一一風荷舉此真能得荷之神理者覺白石念奴嬌惜紅衣二詞猶有隔霧看花之恨

光緒　年　月　日　四

曾純甫中秋應制作壺中天慢詞自注云是夜西興亦聞天樂謂宮中樂聲聞于隔岸也毛子晉謂天神亦不以人廢言近時馮夢華復辨其誣不解天樂二字文義殊笑人也

古今詞人格調之高無如白石惜不於意境上用力故覺無言外之味絃外之響終落第二手其志清峻則有之其旨遠深則未也

梅溪夢窗中仙玉田草窗西麓諸家詞雖不同然同失之膚淺雖時代使然亦其才分有限也近人棄周鼎而寶康瓠實難索解

余填詞不喜作長調尤不喜用人韻偶尔游戲作水龍吟詠楊花用質夫東坡倡和均作齊天樂詠蟋蟀用白石均皆有與晉代興

覇〻意然余之所長則不在是世之君子寧以他詞稱我

余友沈昕伯紘自巴黎寄余蝶戀花一闋云簾外東風隨燕到春色東來循我來時道一霎圍場生綠草歸遲卻怨春來早錦繡一城春水繞庭院笙歌行樂多年少著意來開孤客抱不知名字閑花鳥此詞當在晏氏父子間南宋人不能道也

樊抗父謂余詞如浣溪沙之天末同雲蝶戀花之昨夜夢中百尺朱樓春到臨春等闋鑿空而道開詞家未有之境余自謂才不若古人但於力爭第一義處古人亦不如我用意耳

東坡楊花詞和均而似元唱章質夫詞元唱而似和均才之不可強也如是

光緒　年　月　日　五

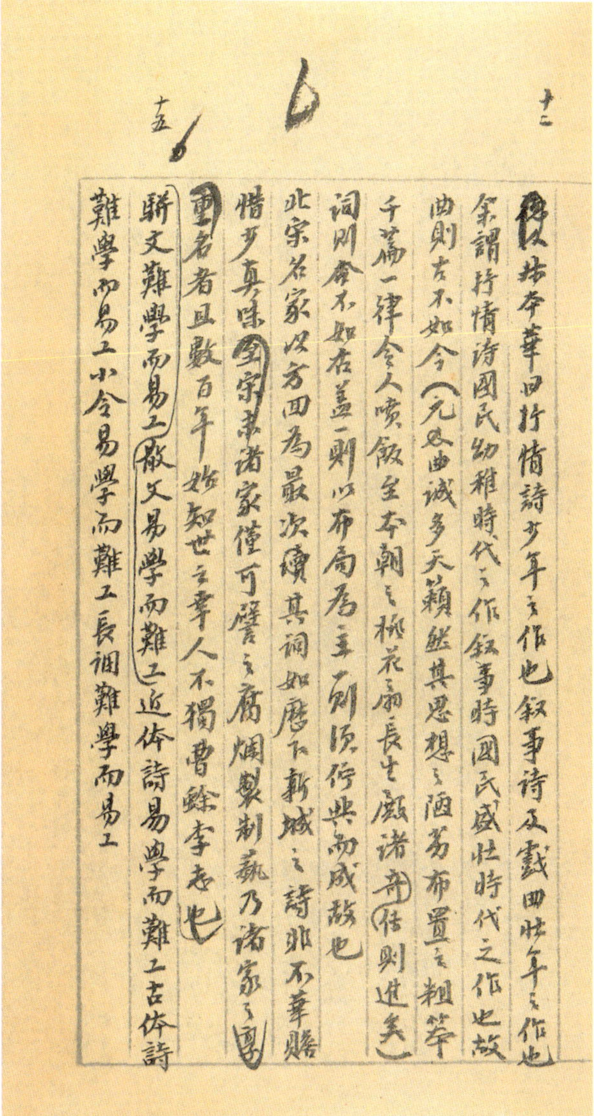

十二

十五

叔本華曰抒情詩少年之作也敘事詩及戲曲壯年之作也

余謂抒情詩國民幼稚時代之作敘事時國民盛壯時代之作也故

曲則古不如今（元之曲誠多天籟然其思想之陋劣布置之粗笨

千篇一律令人噴飯至本朝之桃花扇長生殿諸傳奇則進矣）

詞則今不如古蓋一則以布局為主一則須佇興而成故也

北宋名家以方回為最次讀其詞如歷下新城之詩非不華贍

惜少真味至宋末諸家僅可譬之腐爛製藝乃諸家之享

重名者且數百年始知世之幸人不獨曹蜍李志也

駢文難學而易工散文易學而難工近体詩易學而難工古体詩

難學而易工小令易學而難工長調難學而易工

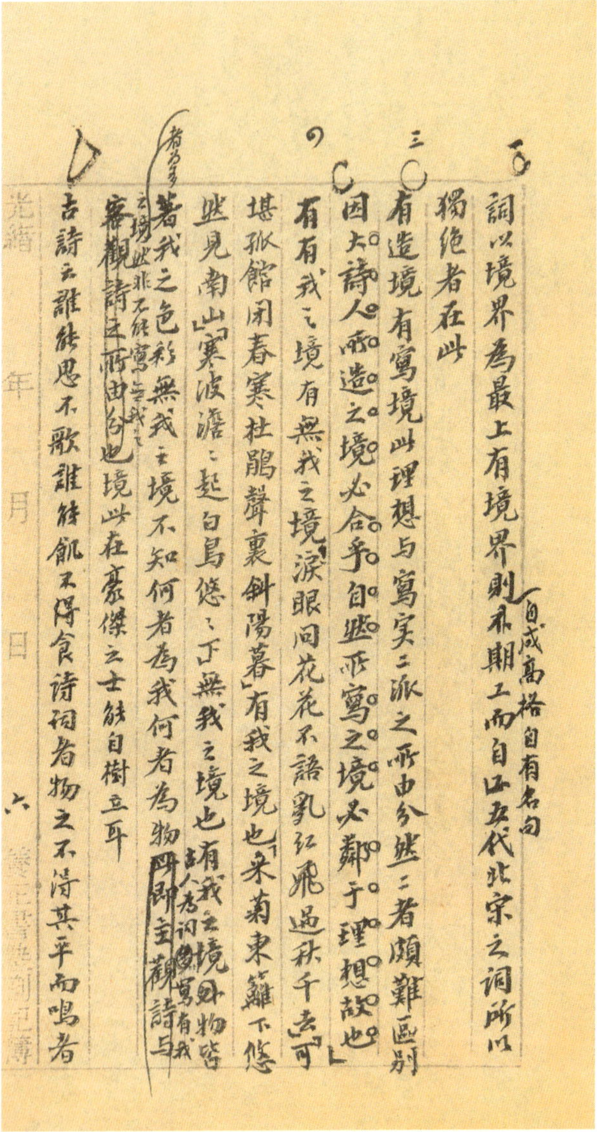

五

詞以境界為最上有境界則不期工而自工五代北宋之詞所以（自成高格自有名句）

獨絕者在此

三

有造境有寫境此理想与寫實二派之所由分然二者頗難區別

因大詩人所造之境必合乎自然所寫之境必鄰于理想故也

四

有有我之境有無我之境「淚眼問花花不語亂紅飛過秋千去」可

堪孤館閉春寒杜鵑聲裏斜陽暮」有我之境也「采菊東籬下悠

然見南山」「寒波澹澹起白鳥悠悠下」無我之境也有我之境以我觀物故物皆

著我之色彩無我之境不知何者為我何者為物此即主觀詩与

客觀詩之所由分也境此在豪傑之士能自樹立耳

古詩云誰能思不歌誰能飢不得食詩詞者物之不得其平而鳴者

光緒　年　月　日　六

七〇　六〇　六〇

也故歡愉之辭難工愁苦之言易巧
境非獨謂景物也感情亦人心中之一境界也故能寫真景物真感情
者謂之有境界否則謂之無境界
無我之境人惟於靜中得之有我之境於由動之靜時得之故一優美
一宏壯也
自然中之物互相關係互相限制故不能有完全之美然寫之于文
學中也必遺其關係限制之處故雖寫實家亦理
想家也又雖如何虛構之境其材料必求之于自然而其構造亦
必從自然之法則故雖理想家亦寫實家也
社會上之習慣殺許多之善人文學上之習慣殺許多之天才

六〇

詩之三百篇、十九首，詞之五代、北宋，皆無題也。非無題也，詩詞中之意不能以題
盡之也。自《花庵》、《草堂》每調立題，并古人無題之詞亦為之作題，其可笑孰甚
詩詞之題目本為自然及人生。自古人誤用為美刺投贈題目，既還
詩而自不能佳。後人見古名大家亦有此等作，遂遺其獨到之處
而古學此種，亦須知詩之本意。豪傑之士出，不得不變其體
如其解漢魏之五言詩，唐五代北宋之詞，皆是也。故此等文學皆
華詩有題而詩亡，詞有題而詞亡。然中材之士鮮能知此而
自振拔者矣。

〇

馮夢華《宋六十一家詞選序》謂淮海、小山，真古之傷心人也。其淡語
皆有味，淺語皆有致。余謂此惟淮海足以當之。小山矜貴有餘，但
稍勝方回耳。古人以秦七、黃九或小晏、秦
郎並稱，不啻老子乃與韓非同傳。

光緒　年　月　日

七

十七　十

人能于詩詞中不為美刺投贈懷古詠史之篇不使隸事之句不用裝飾之字則於此道已過半矣

以長恨歌之壯采而所隸之事只小玉雙成四字才有餘也梅村歌行則非隸事不辦白吳優劣即于此見此不獨作詩為然填詞家亦不可不知也

詞之為體要眇宜修能言詩之所不能言而不能盡言詩之所能言詩之境闊詞之言長

明月照積雪大江流日夜澄江淨如練山氣日夕佳落日照大旗中天懸明月大漠孤烟直黃河落日圓此等境界可謂千古壯語求之于詞則納蘭容若塞上之作如長相思之夜深千帳燈

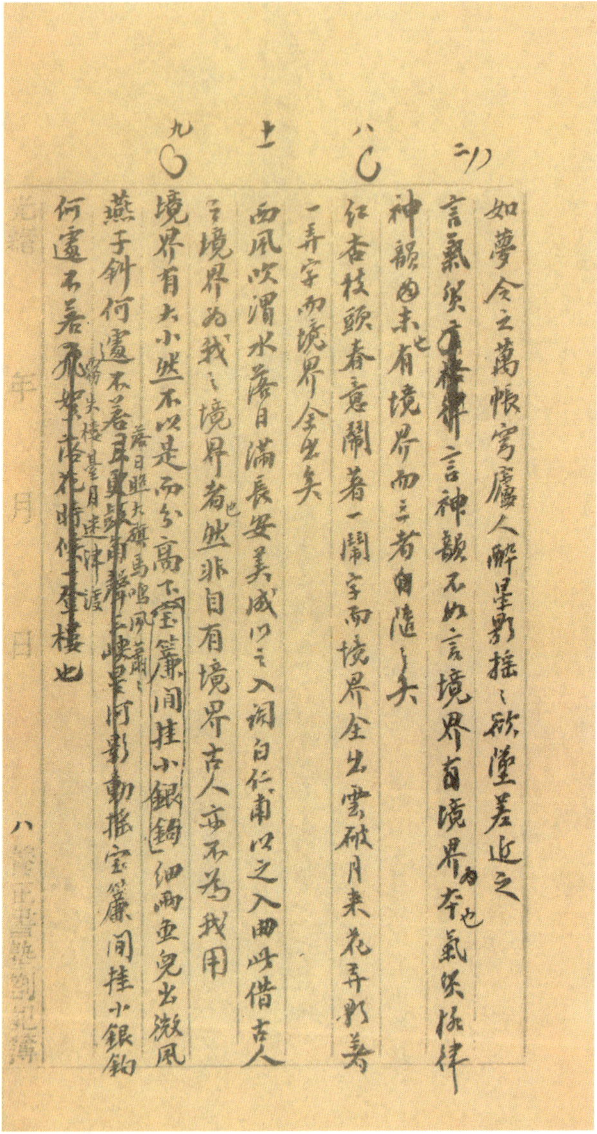
如夢令之萬帳穹廬人醉星影搖搖欲墜差近之

言氣質言格律言神韻不如言境界有境界本也氣質格律
神韻末也有境界而三者自隨之矣

紅杏枝頭春意鬧著一鬧字而境界全出雲破月來花弄影著
一弄字而境界全出矣

西風吹渭水落日滿長安美成以之入詞白仁甫以之入曲此借古人
之境界為我之境界者也然非自有境界古人亦不為我用

境界有大小然不以是而分高下寶簾閒挂小銀鉤細雨魚兒出微風
燕子斜何遽不若落日照大旗馬鳴風蕭蕭寶簾閒挂小銀鉤
何遽不若霧失樓臺月迷津渡

光緒　年　月　日

昔人〔論〕詩詞有景語情語之別不知一切景語皆情語也

豈不爾思室是遠而孔子譏之故知孔門而用詞則牛嶠之甘作一生拚盡〔君〕今日歡〔等詞〕必不〔在〕從删詩之數

詞家多以景寓情其專作情語而絕妙者如牛嶠之甘作一生拚盡君今日歡〔顧敻之換我心為你心始知相憶深〕歐陽修之衣帶漸寬終不悔為伊消得人憔悴〔美成之許多煩惱只為當時一晌留情〕此等詞古今曾不多見余乙稿中頗于此方面有開拓之功

梅舜俞詞〔蘇幕遮〕落盡梨花春事了滿地斜陽翠色和烟老共化劉氏謂少游一生似專學此種余謂馮正中〔玉樓春〕詞芳菲次第長相續自是情多無處足尊前百計得春歸莫為傷春眉黛促永叔一生似專學此種

卅　〇　乙

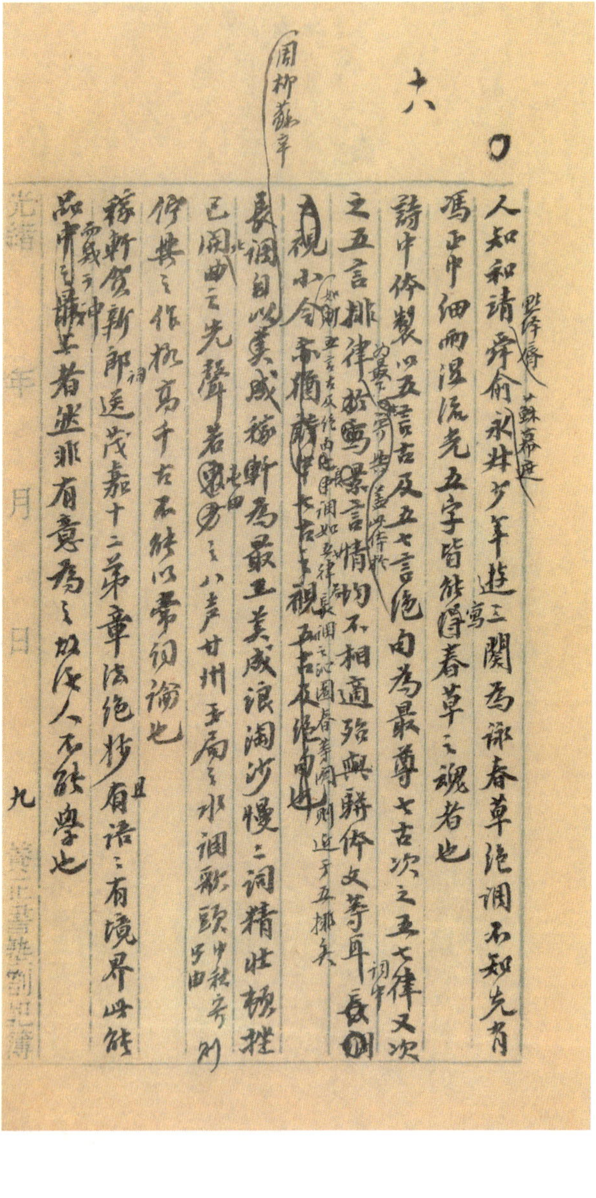

六〇

人知和靖點絳脣、舜俞蘇幕遮、永叔少年遊三闋為詠春草絕調，不知先有馮正中"細雨溼流光"五字，皆能寫春草之魂者也。

詩中體製以五言古及五七言絕句為最尊，七古次之，五七律又次之，五言排律為最下。蓋此體於寫景言情均不相適，殆與駢體文等耳。詞中小令如五言古及絕句，長調如律詩，若長調之沁園春等闋，則近於五排矣。

長調自以周柳蘇辛為最工。美成浪淘沙慢二詞，精壯頓挫，已開北曲之先聲。若屯田之八聲甘州、玉局之水調歌頭中秋寄子由，則佇興之作，格高千古，不能以常調論也。

稼軒賀新郎詞送茂嘉十二弟，章法絕妙，且語語有境界，此能品而幾於神者。然非有意為之，故後人不能學也。

光緒　年　月　日

九

養正書塾劄記簿

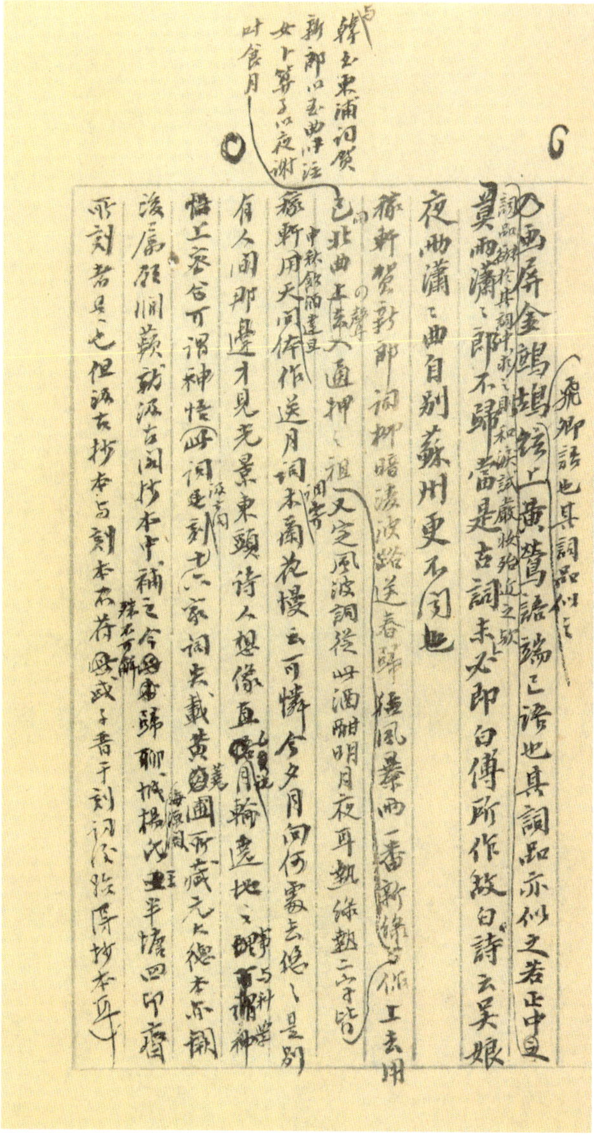

6

畫屏金鷓鴣飛卿語也其詞品似之絃上黃鶯語端己語也其詞品亦似之若正中詞品欲於其詞句中求之則和淚試嚴妝殆近之歟

莫雨瀟瀟郎不歸當是古詞未必即白傳所作故白詩云吳娘夜雨瀟瀟曲自別蘇州更不聞也

稼軒賀新郎詞柳暗凌波路送春歸猛風暴雨一番新綠又定風波詞從此酒酣明月夜耳熱綠熱二字皆作上去用與韓玉東浦詞賀新郎以玉曲叶注女卜算子以夜謝叶食月已開北曲四聲通押之祖

稼軒中秋飲酒達旦用天問體作送月詞調寄木蘭花慢云可憐今夕月向何處去悠悠是別有人間那邊才見光景東頭詞人想像直悟月輪遶地之理與科學家密合可謂神悟此詞汲古閣刻六十家詞失載黃蕘圃所藏元大德本亦闕後屬顧澗蘋就汲古閣抄本中補之今歸聊城楊氏海源閣王半塘四印齋所刻者是也但汲古抄本與刻本不符殊不可解或子晉于刻詞時所據之本與抄本互異乎

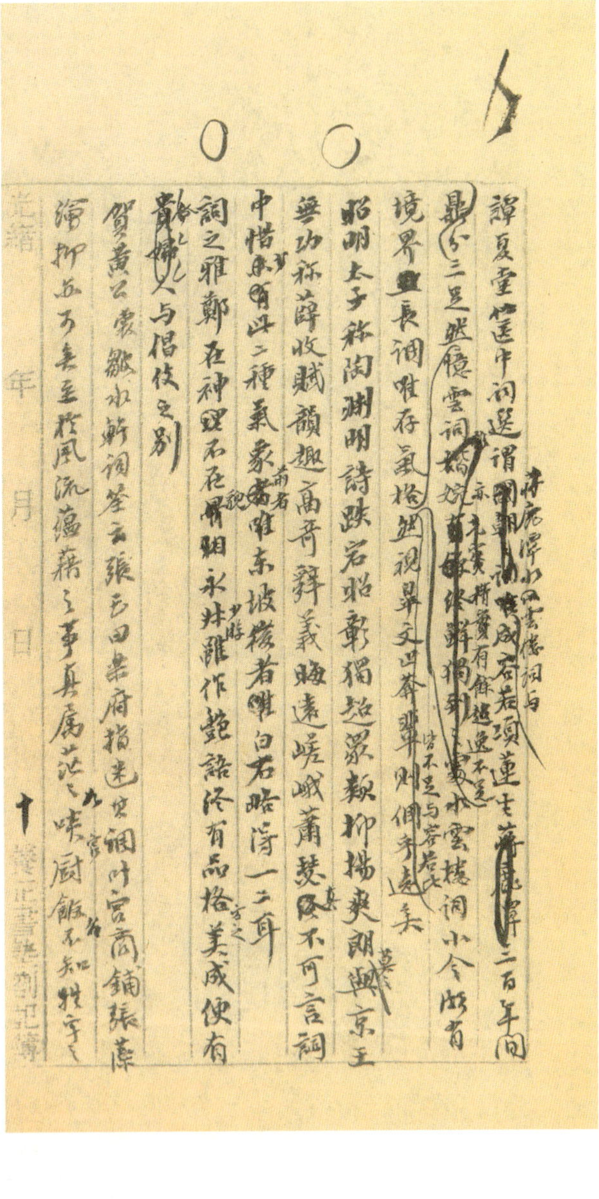

譚復堂篋中詞選謂蔣鹿潭水雲樓詞與成容若項蓮生二百年間分鼎三足然水雲樓詞小令頗有境界長調惟存氣格憶雲詞亦精實有餘超逸不足皆不足與容若比然視皋文止庵輩則倜乎遠矣

昭明太子稱陶淵明詩跌宕昭彰獨超衆類抑揚爽朗莫之與京王無功稱薛收賦韻趣高奇詞義晦遠嵯峨蕭瑟真不可言詞中惜少此二種氣象前者唯東坡後者唯白石略得一二耳

詞之雅鄭在神不在貌永叔少游雖作艷語終有品格方之美成便有淑女與倡伎之別

賀黃公裳皺水軒詞筌云張玉田樂府指迷其調叶宮商鋪張藻繪抑亦其次至於風流蘊藉之事真屬茫茫如啖官廚飯者不知牲牢之

光緒　年　月　日

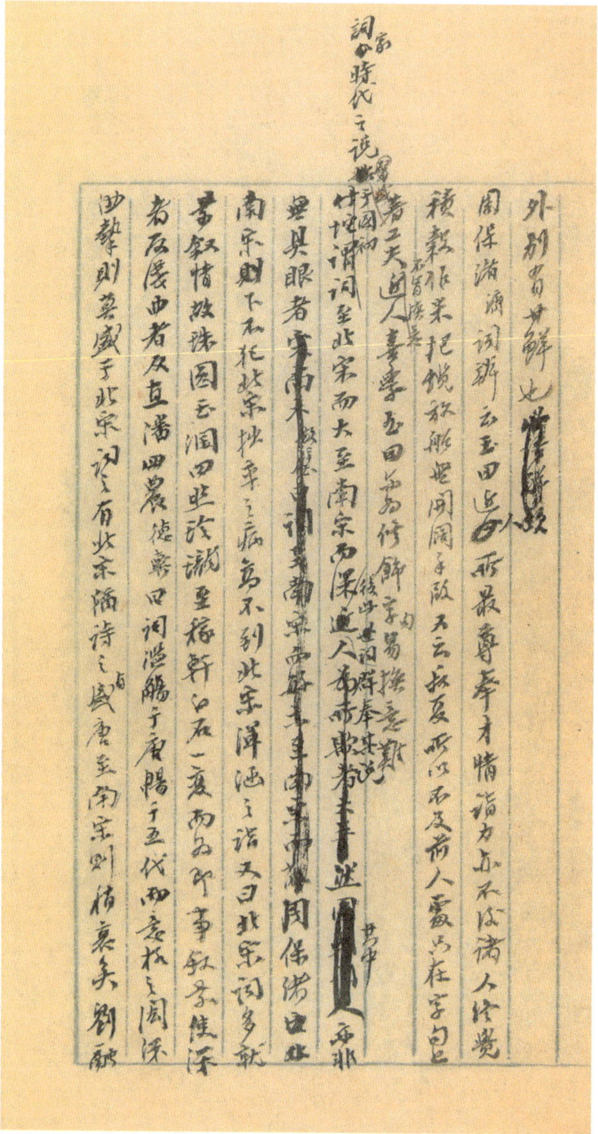

外别有甘鲜也。

周保绪济《词辨》云：玉田，近人所最尊奉，才情诣力，亦不后诸人，终觉积谷作米，把缆放船，无开阔手段。又云：叔夏所以不及前人处，只在字句上著工夫，不肯换意。近人喜学玉田，亦为修饰字句易，换意难欤。

词家时代之说，盛于国初。竹垞谓词至北宋而大，至南宋而深。后此词人，群奉其说。然其中亦非无具眼者。周保绪曰：南宋则下不犯北宋拙率之病，高不到北宋浑涵之诣。又曰：北宋词多就景叙情，故珠圆玉润，四照玲珑。至稼轩、白石，一变而为即事叙景，使深者反浅，曲者反直。潘四农德舆曰：词滥觞于唐，畅于五代，而意格之闳深曲挚，则莫盛于北宋。词之有北宋，犹诗之有盛唐。至南宋则稍衰矣。刘融

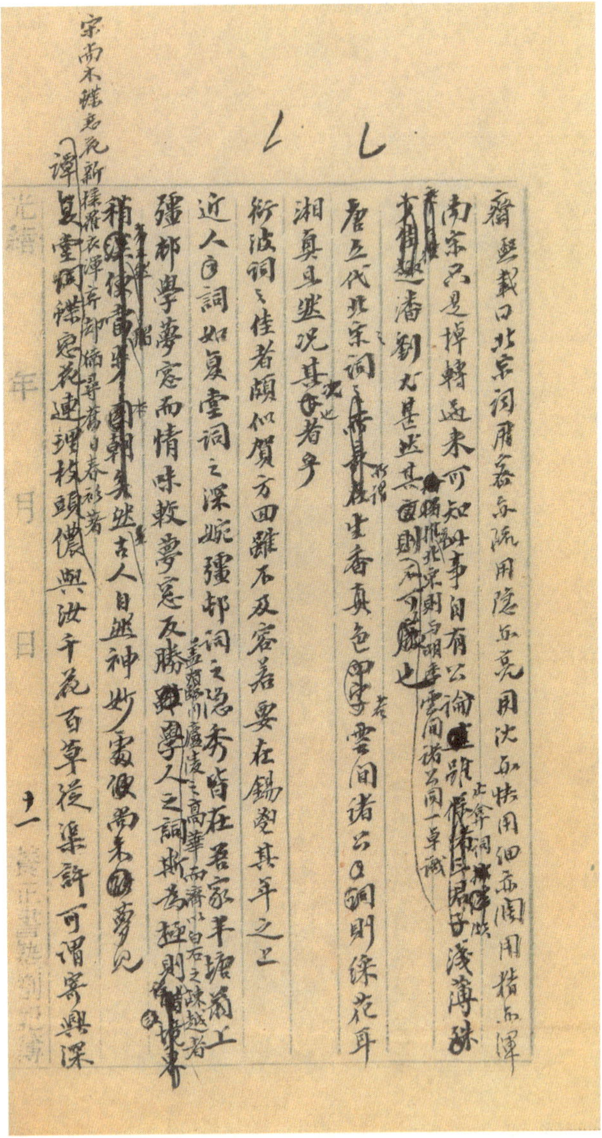
齋雜載曰：北宋詞用密亦疏，用隱亦亮，用沉亦快，用細亦闊，用精亦渾。南宋只是掉轉過來。可知此事自有公論。雖止庵詞頗淺薄，潘、劉尤甚，然其推尊北宋，則與明季雲間諸公同一卓識也。

唐五代北宋之詞，可謂生香真色。若雲間諸公，則綵花耳。湘真且然，況其次者乎。

衍波詞之佳者，頗似賀方回。雖不及容若，要在錫鬯、其年之上。

近人詞如復堂詞之深婉，彊邨詞之隱秀，皆在吾家半塘翁上。彊邨學夢窗而情味較夢窗反勝，蓋有臨川、廬陵之高華，而濟以白石之疎越者。學人之詞，斯為極則。然古人自然神妙處，尚未夢見。

宋尚木蝶戀花：新樣羅衣渾棄卻，猶尋舊日春衫著。譚復堂蝶戀花：連理枝頭儂與汝，千花百草從渠許。可謂寄興深微。

60 80

微

半唐丁稿和馮正中鵲踏枝十闋，乃鶩翁詞之最精者，如「望遠愁多休縱目」等闋，鬱伊惝怳，令人不能為懷。定稿只存六闋，殊為未允也。

固哉，皋文之為詞也。飛卿菩薩蠻、永叔蝶戀花、子瞻卜算子，皆興到之作，有何命意？皆被皋文深文羅織。阮亭花草蒙拾謂坡公命宮磨蠍，生前為王珪、舒亶輩所苦，身後又硬受此差排。由今觀之，受差排者獨一坡公已耶？

周介存謂梅溪詞中喜用偷字，足以定其品格。劉融齋謂周旨蕩而史意貪。此二語令人解頤。

賀黃公謂姜論史詞不稱其軟語商量而稱其柳昏花暝，固知

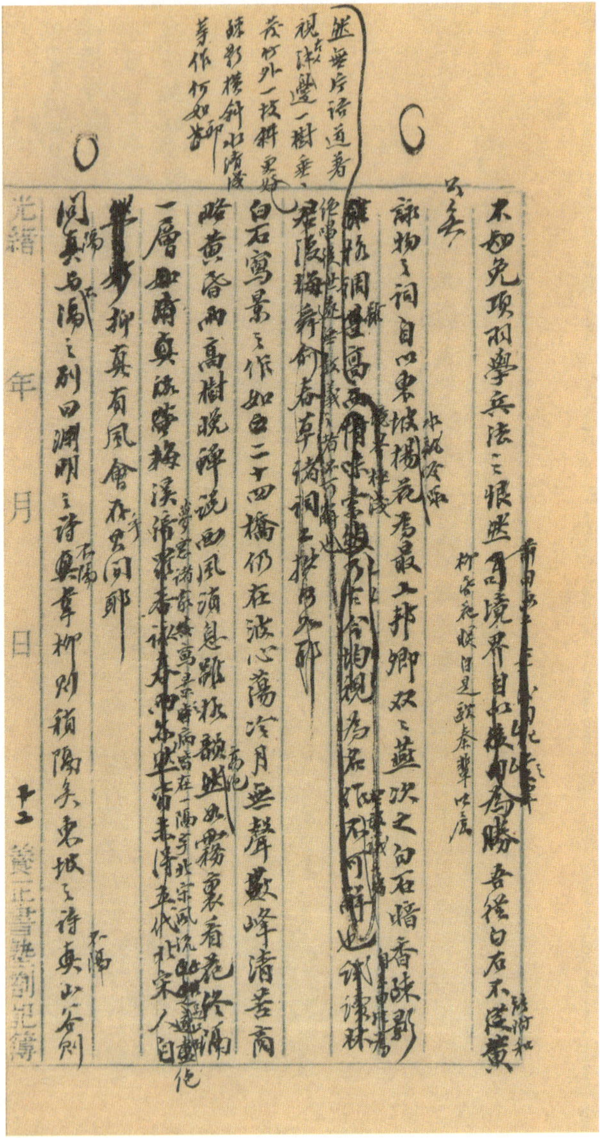

不如免項羽學兵法之恨。然以境界自[?]為勝。吾從白石，不從黃

詠物之詞，自以東坡楊花為最工，邦卿雙雙燕次之。白石暗香疏影

格調雖高，然無一語道著，視古人江邊一樹垂垂發等句何如耶

白石寫景之作，如二十四橋仍在，波心蕩、冷月無聲，數峰清苦，商

略黃昏雨，高樹晚蟬，說西風消息，雖格韻高絕，然如霧裏看花，終隔

一層。梅溪、夢窗諸家寫景之病，皆在一隔字。北宋風流，渡江遂絕

抑真有風會存乎其間耶

問真與隔之別，曰：淵明之詩真，韋柳則稍隔矣。東坡之詩真，山谷則

光緒　年　月　日　十二　篋二止書莊劉光籌

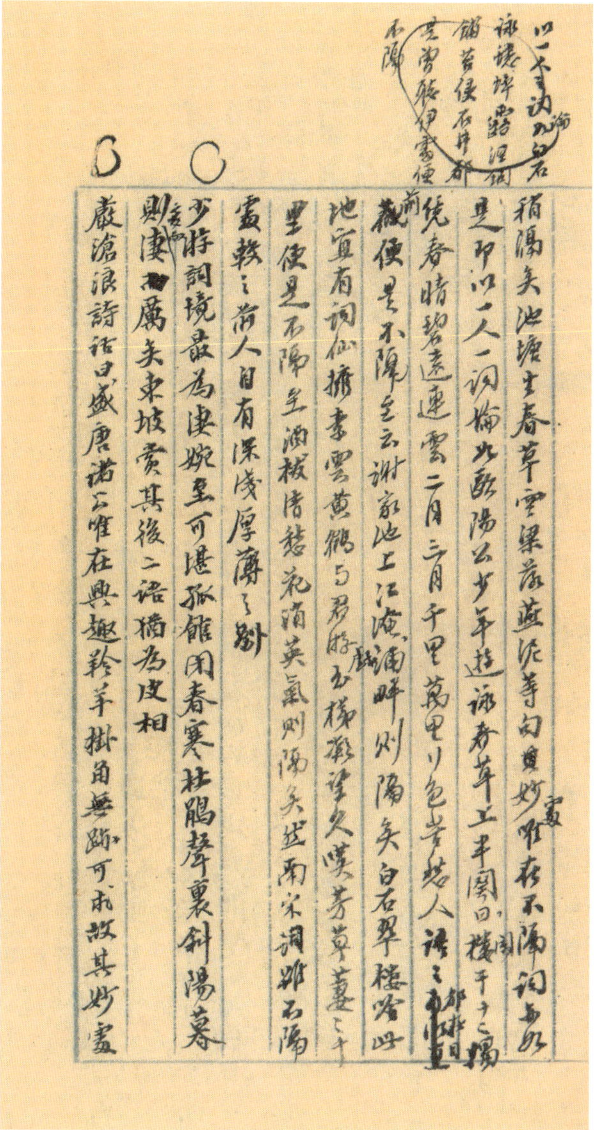

以一人之詞論如白石
詠蟋蟀露濕銅
鋪苔侵石井都
是曾聽伊處便
不隔

稍隔矣池塘生春草空梁落燕泥等句妙處唯在不隔詞亦如
是即以一人一詞論如歐陽公少年遊詠春草上半闋云闌干十二獨
凭春晴碧遠連雲二月三月千里萬里行色苦愁人語語都在目前
便是不隔至云謝家池上江淹浦畔則隔矣白石翠樓吟此
地宜有詞仙擁素雲黃鶴與君遊戲玉梯凝望久嘆芳草萋萋千
里便是不隔至酒祓清愁花消英氣則隔矣然南宋詞雖不隔
處較之前人自有深淺厚薄之別
少游詞境最為淒婉至可堪孤館閉春寒杜鵑聲裏斜陽暮
則變而淒厲矣東坡賞其後二語猶為皮相
嚴滄浪詩話曰盛唐諸公唯在興趣羚羊掛角無跡可求故其妙處

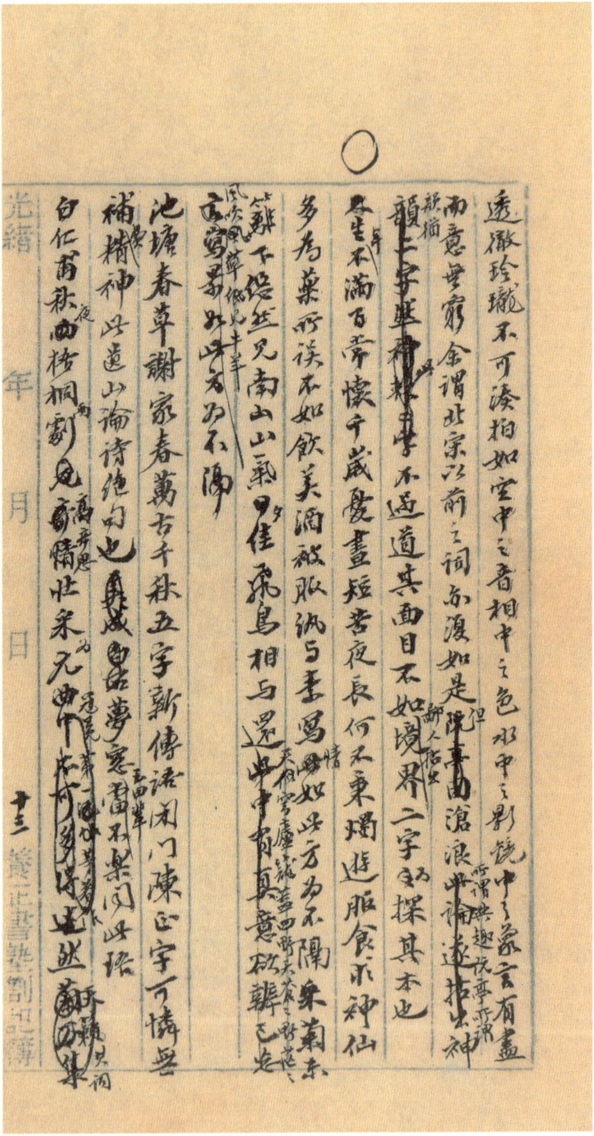

透澈玲瓏不可湊泊如空中之音相中之色水中之影鏡中之象言有盡
而意無窮余謂北宋以前之詞亦復如是但滄浪所謂興趣阮亭所謂神
韻猶不過道其面目不如鄙人拈出境界二字為探其本也

生年不滿百常懷千歲憂晝短苦夜長何不秉燭遊服食求神仙
多為藥所誤不如飲美酒被服紈與素寫情如此方為不隔采菊東
籬下悠然見南山山氣日夕佳飛鳥相與還此中有真意欲辨已忘
言寫景如此方為不隔
天似穹廬籠蓋四野天蒼蒼野茫茫
風吹草低見牛羊

池塘春草謝家春萬古千秋五字新傳語閉門陳正字可憐無
補費精神此遺山論詩絕句也夢窗玉田輩當不樂聞此語

白仁甫秋夜梧桐雨劇沈雄悲壯為元曲冠冕然所作天籟詞

光緒　年　月　日
十三　養正書塾劄記簿

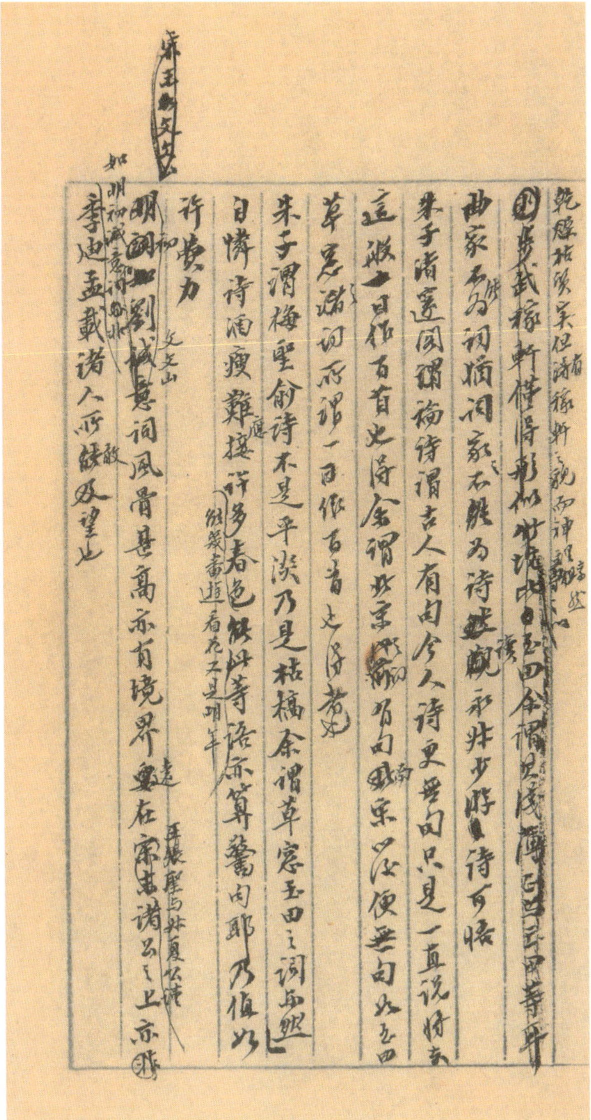

乾隆[illegible]

[illegible]稼軒僅得形似[illegible]玉田余謂其淺薄[illegible]

曲家不能為詞，猶詞家不能為詩，讀永叔、少游詩可悟。

朱子清邃閣論詩謂：古人有句，今人詩更無句，只是一直說將去。這般一日作百首也得。余謂北宋詞有句，南宋以後便無句，如玉田、草窗諸詞，所謂一日作百首也得者也。

朱子謂梅聖俞詩不是平淡，乃是枯槁。余謂草窗、玉田之詞亦然。

自憐詩酒瘦，難應接許多春色。能幾番遊，看花又是明年。等語亦算警句耶？乃值如許費力。

明初劉誠意詞風骨甚高，亦有境界，遠在夢窗諸公之上，亦非季迪、孟載諸人所敢望也。

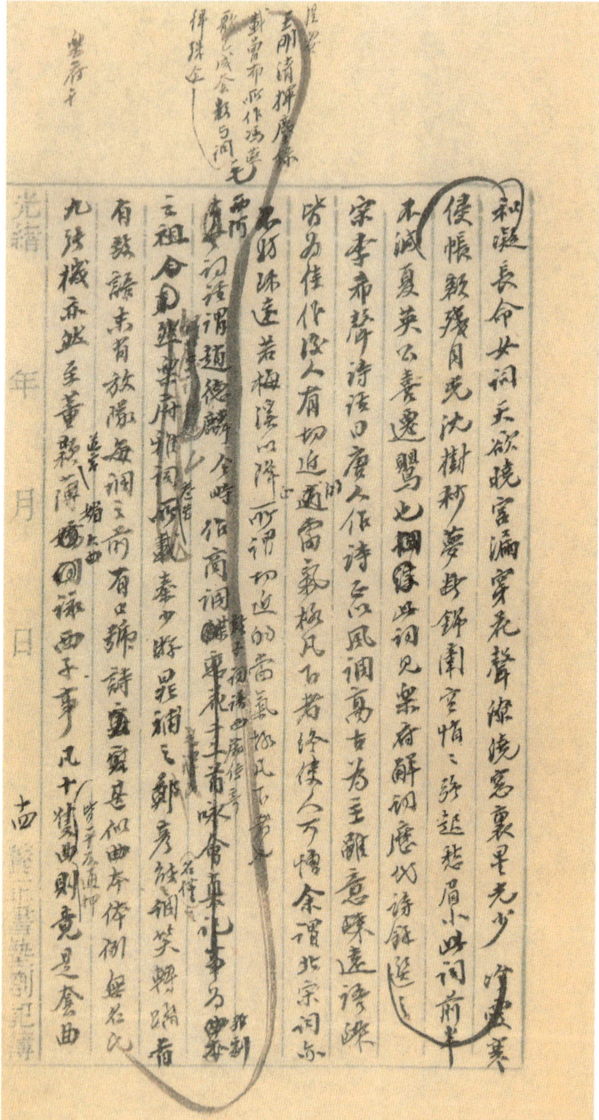

和凝长命女词：天欲晓，宫漏穿花声缭绕，窗里星光少。冷霞寒侵帐额，残月光沈树杪。梦断锦闱空悄悄，强起愁眉小。此词前半不减夏英公喜迁莺也。此词见乐府雅词、历代诗馀选。

宋李希声诗话曰：唐人作诗，正以风调高古为主，虽意远语疏，皆为佳作。后人有切近的当、气格凡下者，终使人可憎。余谓北宋词亦不妨疏远，若梅溪以降，正所谓切近的当、气格凡下者也。

毛西河词话谓赵德麟令畤作商调鼓子词谱西厢传奇，咏会真记事，乃曲本之祖。今乐府雅词所载秦少游、晁补之、郑彦能调笑转踏，首有致语，末有放队，每调之前有口号诗，甚是似曲本体例。无名氏九张机亦然。至董颖大曲咏西子事，凡十八遍，则竟是套曲。

王明清挥麈录载曾布所作冯燕歌，已成套数，与词律殊途。

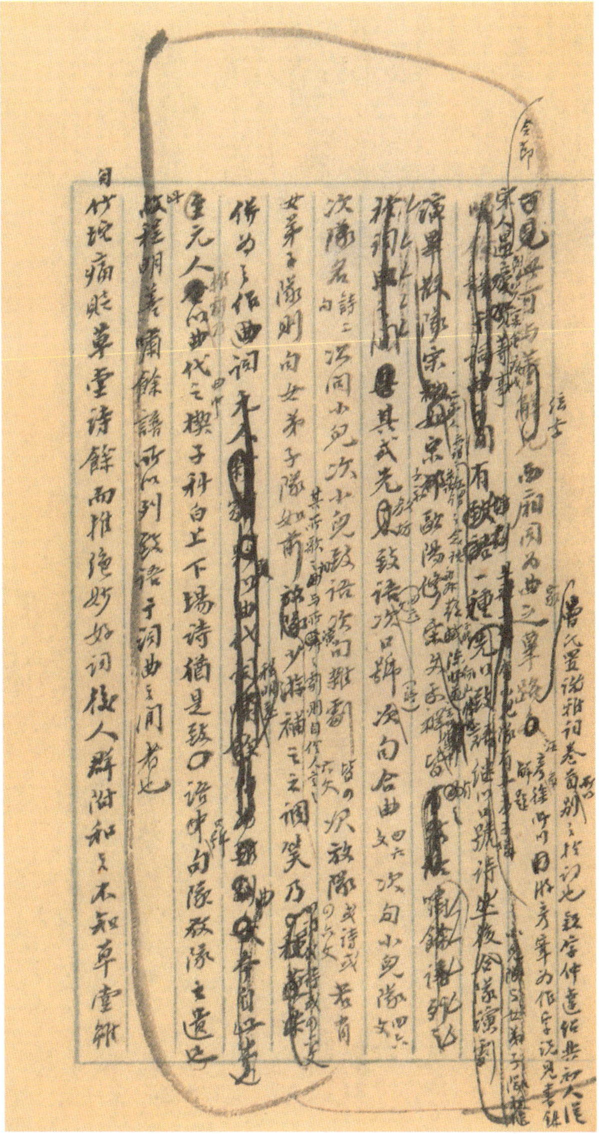
曾慥置《乐府雅词》卷首，别之于词也。

金元人曲代之楔子、科白、上下场诗，犹是致语中勾队放队之遗也。

此程明善《啸余谱》所以列致语于词曲之间者也。

自竹垞痛贬《草堂诗余》而推《绝妙好词》，后人群附和之，不知草堂虽

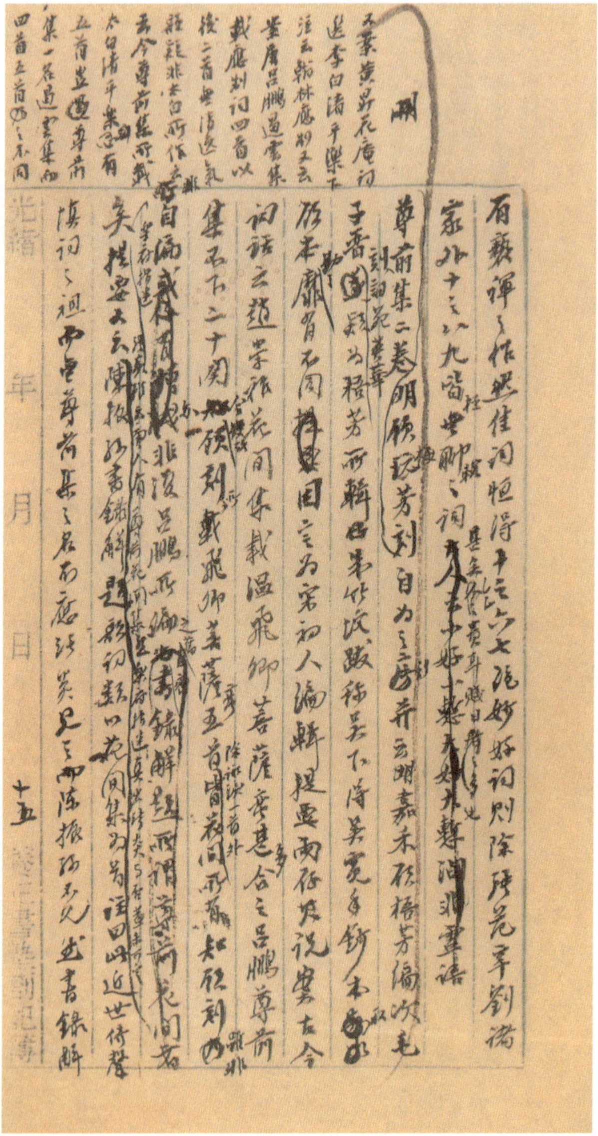

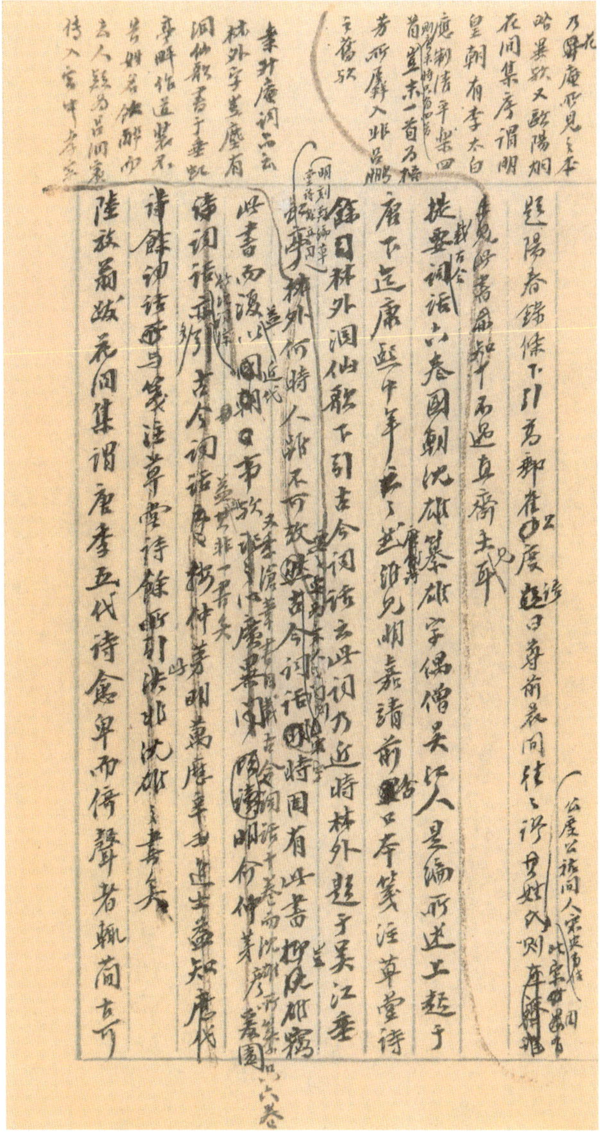
乃升庵所见之本
殆是欤又欧阳炯
花间集序谓明
皇朝有李太白
应制清平乐四
首宜末一首乃梅
苏所羼入非吕鹏
之旧欤
杨升庵词品云
林外字岂尘有
洞仙歌书于垂虹
亭畔作道装不
告姓名人疑为吕洞宾
传入宫中孝宗
题阳春录条下引为郑准度曰尊前花间往往谬其姓氏则其书
见此书者知南宋而迄直斋主耶
提要词话六卷国朝沈雄纂雄字偶僧吴江人是编所述上起于
唐下迄康熙中年然维见明嘉靖前白口本笺注草堂诗
馀林外洞仙歌下引古今词话云此词乃近时林外题于吴江垂
本事林外何时人虽不可考然古今词话明时固有此书
此书而复以国朝之事
续词话古今词话杨仲茅明万历辛丑进士益知唐代
诗馀词话与笺注草堂诗馀所引决非沈雄之书矣
陆放翁跋花间集谓唐季五代诗愈卑而倚声者辄简古可

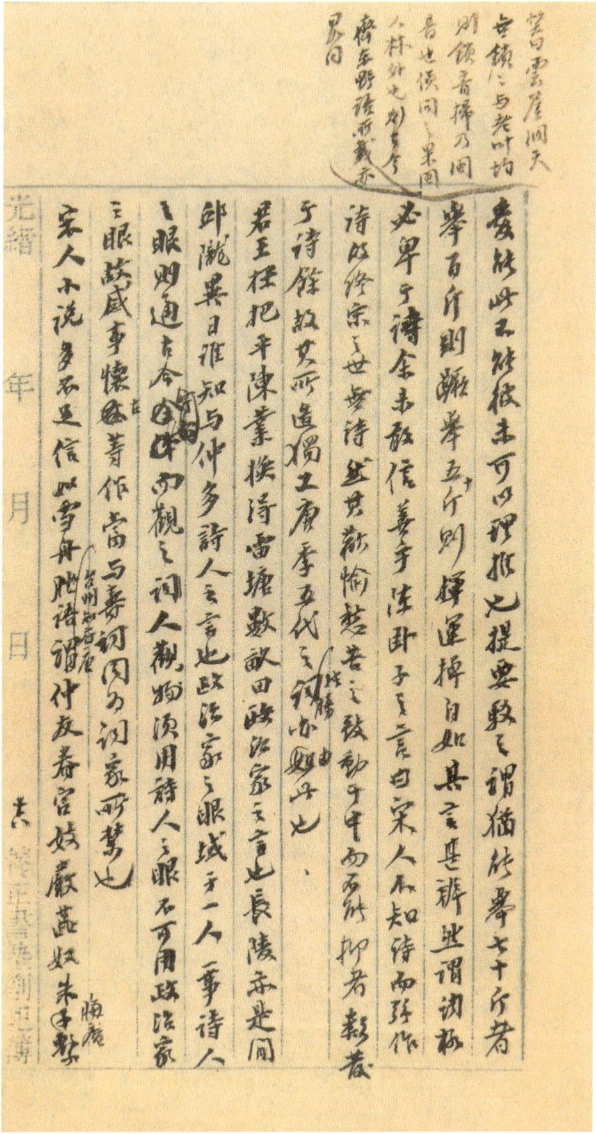
麦能此而不能彼，未可以理推也。提要载：「谓犹能举七十斤者，举百斤则蹶，举五十斤则运掉自如。」其言甚辨。然谓词必易于诗，余未敢信。善乎陈卧子之言曰：「宋人不知诗而强作诗，故终宋之世无诗。然其欢愉愁苦之致，动于中而不能抑者，类发于诗余，故其所造独工。」五代之词所以独胜，亦以此也。
北宋
由

「君王枉把平陈业，换得雷塘数亩田。」政治家之言也。「长陵亦是闲邱陇，异日谁知与仲多？」诗人之言也。政治家之眼，域于一人一事；诗人之眼，则通古今而观之。词人观物，须用诗人之眼，不可用政治家之眼。故感事、怀古等作，当与寿词同为词家所禁也。

宋人小说多不足信。如《雪舟脞语》谓：仲友眷官妓严蕊奴，朱子劾
台州知府唐
晦庵

光绪 年 月 日

治之及晦庵移去提刑岳霖行部至台蕊乞自便岳問曰去將安
歸蕊賦卜算子詞云住也如何住云〻案此詞係仲友戚高
宣教作使蕊歌以侑觴者見朱子糾唐仲友奏牘則齊東野語
所紀朱唐公案恐亦未可信也

唐五代之詞有句而無篇南宋名家之詞有篇而無句有篇有句唯李
後主降宋後之作及永叔子瞻少游美成稼軒數人而已

唐五代北宋之詞家倡優也南宋後之詞家俗子也二者其失相
等然詞人之詞寧失之倡優不失之俗子以俗子之
可厭較倡優為甚故也

讀東坡稼軒詞須觀其雅量高致有伯夷柳下惠之風白石雖似蟬蛻塵

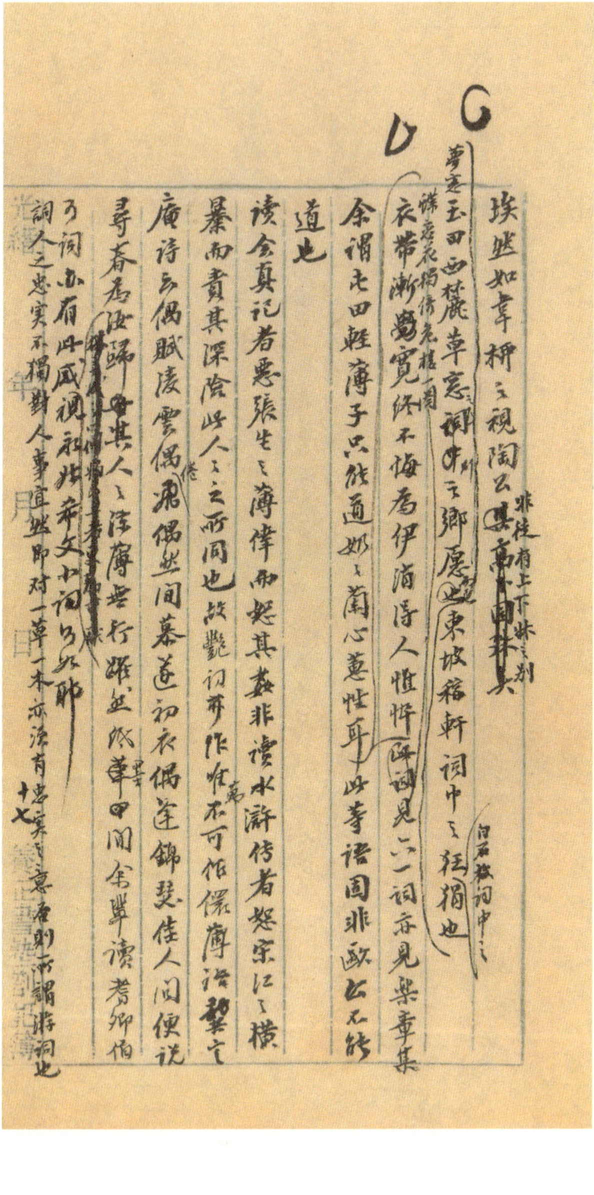

埃然如韋柳之視陶公非徒有上下牀之別
夢窗玉田西麓草窗詞中之鄉愿也東坡稼軒詞中之狂白石猶詞中之狷也
蝶戀花獨倚危樓一闋
衣帶漸寬終不悔為伊消得人憔悴此詞見六一詞亦見樂章集
余謂屯田輕薄子只能道奶奶蘭心蕙性耳此等語固非歐公不能道也
讀會真記者惡張生之薄倖而恕其姦非讀水滸傳者恕宋江之橫暴而責其深險此人人之所同也故豔詞可作唯萬不可作儇薄語龔定庵詩云偶賦淩雲偶倦飛偶然閒慕遂初衣偶逢錦瑟佳人問便說尋春為汝歸其人之涼薄無行躍然紙墨間余輩讀耆卿伯可詞亦有此感視永叔希文小詞何如耶
詞人之忠實不獨對人事宜然即對一草一木亦須有忠實之意否則所謂遊詞也
十七

溫飛卿之詞句秀也韋端己之詞骨秀也李重光之詞神秀也
詞至李後主而眼界始大感慨遂深遂變伶工之詞而為士大夫之詞
周介存置諸溫韋之下可謂顛倒黑白矣自是人生長恨水長東
流水落花春去也天上人間金荃浣花能有此種氣象耶
詞人者不失其赤子之心者也故
生于深宮之中長于婦人之手是後主為人君所短處亦其為詞人
所長處故後主之詞天真之詞也他人人工之詞也
客觀之詩人不可不多閱世閱世愈深則材料愈豐富愈變化水滸
傳紅樓夢之作者是也主觀之詩人不必多閱世閱世愈淺則性情愈
真李後主是也
尼采謂一切文學余愛以血書者後主之詞真所謂以血書者也宋道君

皇帝燕山亭詞亦略似之，然道君不過自道身世之戚，後主則儼有釋迦基督擔荷人類罪惡之意，其大小固不同矣。

楚詞之體非屈子之所創也，[redacted]滄浪鳳兮之歌已與三百篇異，（然至屈子而最工）五七律始於齊梁而盛於唐，詞源於唐而大成於北宋，最工之文學，非徒善創，亦且善因。

○

風雨如晦，雞鳴不已。山峻高以蔽日兮，下幽晦以多雨，霰雪紛其無垠兮，雲霏霏而承宇。樹樹皆秋色，山山盡落暉。可堪孤館閉春寒，杜鵑聲裏斜陽暮。氣象皆相似。

滄浪鳳兮二歌已開楚辭之體，然（楚辭之）最工者推屈原宋玉，而後此王褒劉向之詞不與焉。五言之最工者實推左太沖郭景純（阮嗣宗）陶淵明，而前此曹劉

光緒　年　月　日

十八

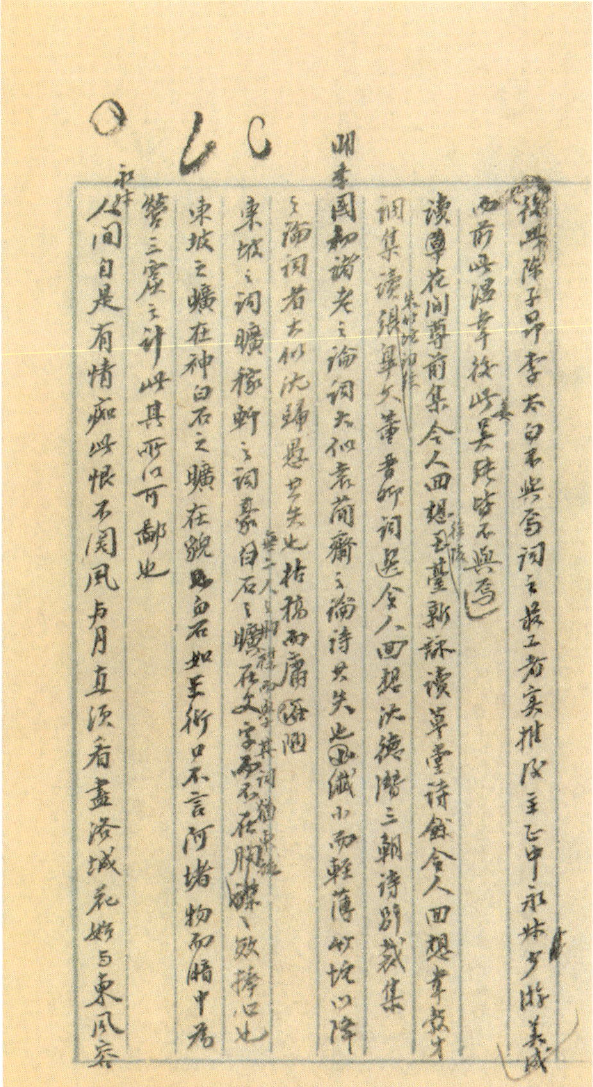
後此陳子昂李太白不與焉詞之最工者實推後主正中永叔少游美成
而前此溫韋後此姜吳皆不與焉
讀花間尊前集令人回想徐陵玉臺新詠讀草堂詩餘令人回想韋縠才
調集讀朱竹垞詞綜張臬文董晉卿詞選令人回想沈德潛三朝詩別裁集
明季國初諸老之論詞大似袁簡齋之論詩其失也纖小而輕薄竹垞以降
之論詞者大似沈歸愚其失也枯槁而庸陋
東坡之詞曠稼軒之詞豪無二人之胸襟而學其詞猶東施之效捧心也
東坡之曠在神白石之曠在貌白石如王衍口不言阿堵物而暗中為
營三窟之計此其所以可鄙也
永叔人間自是有情痴此恨不關風與月直須看盡洛城花始與東風容

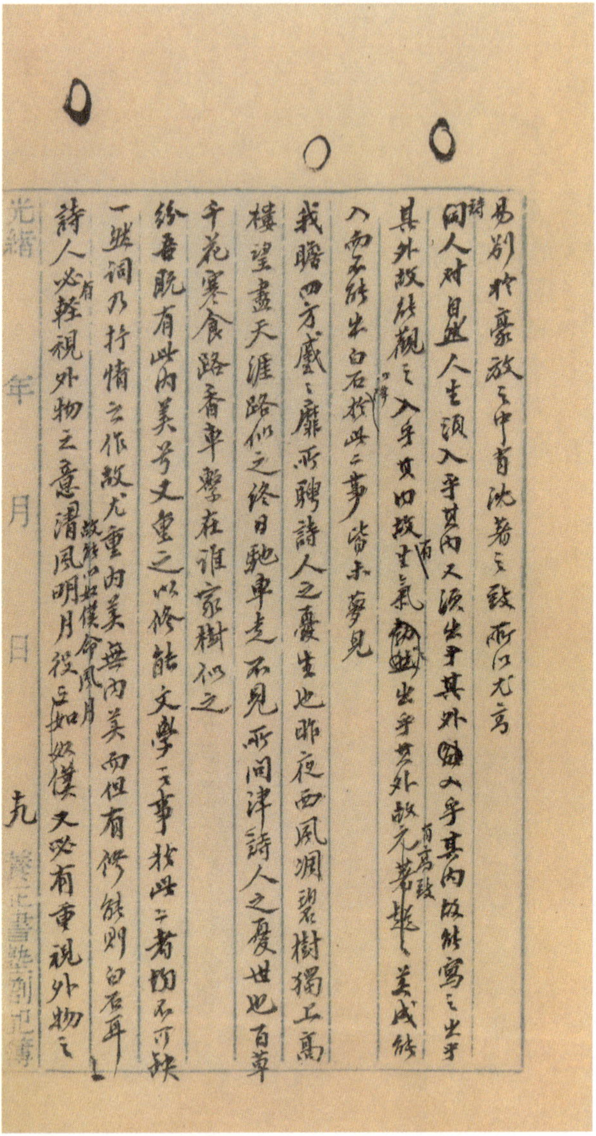
易別於豪放之中有沈著之致所以尤高
詩人对自然人生須入乎其内又須出乎其外入乎其内故能寫之出乎
其外故能觀之入乎其内故有生氣出乎其外故有高致美成能
入而不能出白石以降於此二事皆未夢見
我瞻四方蹙蹙靡所騁詩人之憂生也昨夜西風凋碧樹獨上高
樓望盡天涯路似之終日馳車走不見所問津詩人之憂世也百草
千花寒食路香車繫在誰家樹似之
紛吾既有此内美兮又重之以修能文學之事於此二者不可缺
一然詞乃抒情之作故尤重内美無内美而但有修能則白石耳
詩人必有輕視外物之意故能以奴僕命風月清風明月役之如奴僕又必有重視外物之
光緒　年　月　日　九　養正書塾製用箋

意，故能与花鸟同忧乐。

诗人对视一切外物，皆游戏之材料也。然其游戏，则以热心为之，故诙谐与严重二性质，亦不可缺一也。

~~金朗甫作词选后序，分词为淫词、鄙词、游词三种，词之弊尽是矣。五代北宋之词，其失也淫；辛刘之词，其失也鄙；姜张之词，其失也游。~~

五代北宋之大家，非无淫词，然读之者但觉其真挚动人；非无鄙词，然但觉其精力弥满。可知淫词与鄙词之病，非淫与鄙之病，而游之为病也。"岂不尔思，室是远而。"子曰："未之思也，夫何远之有？"恶其游也。

纳兰容若以自然之眼观物，以自然之笔写情，此由初入中原未染汉人风气，故能真切如此。~~[illegible]词便无[illegible]~~同时朱、陈、王、顾诸家，便有文胜则史之弊。

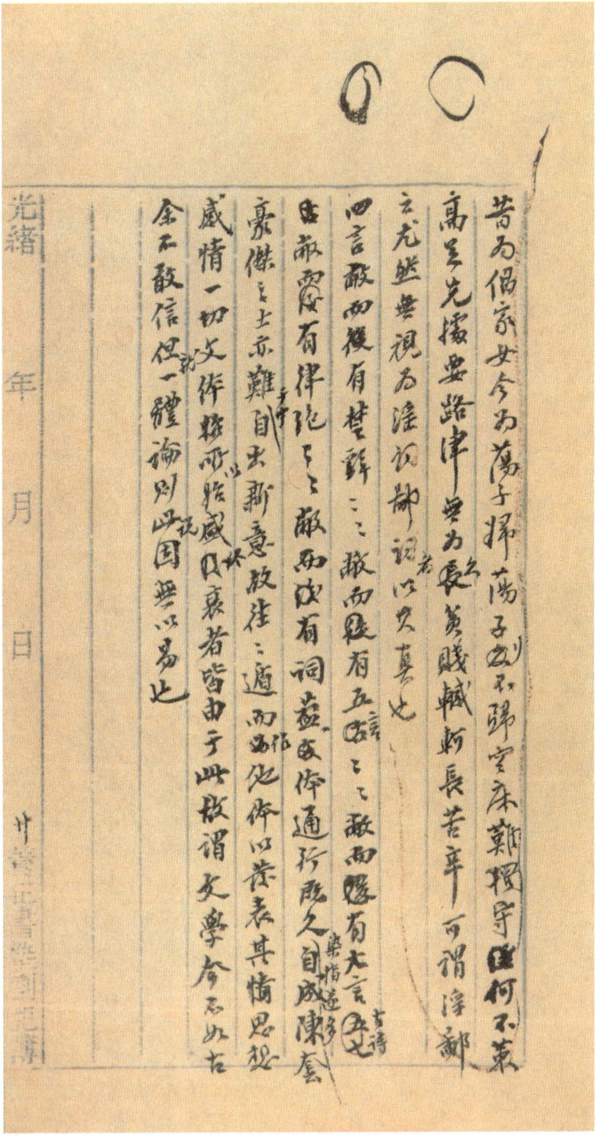
昔為倡家女今為蕩子婦蕩子行不歸空床難獨守何不策
高足先據要路津無為久貧賤轗軻長苦辛可謂淫鄙
之尤然無視為淫詞鄙詞者以其真也
四言敝而有楚辭楚辭敝而有五言五言敝而有七言古詩
敝而有律絕律絕敝而有詞蓋文體通行既久染指遂多自成習套
豪傑之士亦難於其中自出新意故往往遁而作他體以發表其思想
感情一切文體所以始盛終衰者皆由於此故謂文學後不如前
余不敢信但就一體論則此說固無以易也
光緒 年 月 日

《人间词话》之基本理论——境界说

叶嘉莹

一、对“境界”一词之义界的探讨

在王静安先生所有关于文学批评的著述中，无疑地《人间词话》乃是其中最为人所重视的一部作品，因为他早期的杂文所表现的只不过是他在西方思想的刺激下，透过他自己性格上的特色，对传统之中国文学发生反省以后所产生的一些概念而已。其较具理论体系的《〈红楼梦〉评论》一文，则是他完全假借西方之哲学理论来从事中国之文学批评的一种尝试之作，其中固不免有许多牵强疏失之处。至于《人间词话》则是他脱弃了西方理论之拘限以后的作品，他所致力的乃是运用自己的思想见解，尝试将某些西方思想中之重要概念融会到中国旧有的传统批评中来。所以《人间词话》从表面上看来与中国相沿已久之诗话词话一类作品之体式，虽然也并无显著之不同，然而事实上他却为这种陈腐的体式注入新观念的血液，而且在外表不具理论体系的形式下，也曾为中国诗词之评赏拟具了一套简单的理论雏形。这种新旧双方的融会，遂使他这一部作品在新旧两代的读者中都获得了普遍的重视。然而可惜的是《人间词话》毕竟受了旧传统诗话词话体式的限制，只做到了重点的提示，而未能从事于精密的理论发挥，因之其所蕴具之理论雏形与其所提出的某些评诗评词之精义，遂都不免于旧日诗话词话之模糊影响的通病，在立论和说明方面常有不尽明白周至之处。所以《人间词话》虽曾受到过不少读者的重视，然而却也曾引起过不少争论和批评。见仁见智，既然莫衷一是；为轩为轾，亦复各有千秋。今日，要想重新衡定《人间词话》这部著作的功过得失，当然我们首先就必须从过去一些纷纭歧异的解说和争论中，为之做一番爬梳整理的工作，使其中的理论和精义都能得到明白的解说，然后才能予以正当的评价。

关于《人间词话》的内容，根据现在流传的搜辑最备的王幼安校订本来看，其中词话共有三卷一百四十二则之多，其所牵涉的内容极为广泛，记叙也相当琐杂。然而我们如果仔细加以别择，却也并不难整理出一些头绪来，只不过在整理时当注意其内容性质之不同，需对之分别观之而已。在这三卷词话中，后二卷之删稿及附录，盖多出于后人之搜辑，虽然片言只语，亦复不乏精义。然而其编排之次第则全以搜辑时所依据之资料为主，并未经过系统化之整理，当然我们也就难望其有什么明白的体系和次第。至于其上卷所收的词话六十四则，则曾经过静安先生自己之编订，早在他生前便已于《国粹学报》刊行发表。这一部分词话从表面上看来与其他词话之分条记叙者虽也并无不同，然而我们只要一加留意，便不难发现这六十四则词话之编排次序，却是隐然有着一种系统化之安排的。概略地说来，我们可以将之简单分别为批评之理论与批评之实践两大部分。自第一则至第九则乃是静安先生对自己评词之准则的标示，其重点如下：

第一则提出“境界”一词为评词之基准。

第二则就境界之内容所取材料之不同，提出了“造境”与“写境”之说。

第三则就“我”与“物”间关系之不同，分别为“有我之境”与“无我之境”。

第四则提出“有我”与“无我”二种境界所产生之美感有“优美”与“宏壮”之不同。为第三则之补充。

第五则论写作之材料可以或取之自然或出于虚构。又为第二则“造境”与“写境”之补充。

第六则论“境界”非但指景物而言，亦兼内心之感情而言。又为第一则“境界”一词之补充。

第七则举词句为实例，以说明如何使作品中之境界得到鲜明之表现。

第八则论境界之不以大小分优劣。

第九则为境界之说的总结，以为“境界”之说较之前人之“兴趣”“神韵”诸说为探其本。

从这九则词话来看，静安先生之欲为中国诗词标示出一种新的批评基准及理论之用心，乃是显然可见的。所以这九则词话实在乃是《人间词话》中主要的批评理论之部。至于散见于《人间词话》其他各卷的一些零星的论见，则都可以看作是对于这一套基本理论的补充及发挥。这是我们在研读《人间词话》时首当掌握的重要纲领。

从以上九则词话以后，自第十则至第五十二则乃是按时代先后，自太白、温、韦、中主、后主、正中以下，以迄于清代之纳兰性德，分别对历代各名家作品所作的个别批评。此一部分乃是《人间词话》中主要的批评实践之部。至于《人间词话》中其他二卷中由后人所收辑的静安先生一些谈词谈诗的评语，当然也都可作为此一部分之参考资料。不过可注意的乃是在个别批评中，静安先生却偶或也仍作些理论方面的发挥。如其论清真词时之兼论“代字”，论白石词时之兼论“隔”与“不隔”，便都是个例兼及理论的例证。此外，在其上卷之末，自第五十三则以后，尚有数则词话分别论及历代文学体式之演进、诗中之隶事、诗人与外物之关系、诗中之游词等，则是静安先生于批评实践中所得的一些重要结论。最末二则且兼及于元代之二大曲家，可见其境界说之亦可兼用于元曲，为其《人间词话》作了一个余意未尽的结尾。从这种记叙次第来看，《人间词话》上卷虽无明白之理论体系，然其批评理论之部与其批评实践之部，透过各则词话之编排安置，却仍是颇有脉络及层次可寻的。

说到《人间词话》的批评理论之部，首先我们所要提出来讨论的当然便是其所标举的作为评词之基准的“境界”二字。静安先生在《人间词话》一开端就曾特别提出“境界”二字来说：

> 词以境界为最上。有境界则自成高格，自有名句。五代北宋之词所以独绝者在此。

关于他所提出的“境界”一词，其含义究竟何指，因为他自己并未曾对之立一明确之义界，因之遂引起了后人许多不同的猜测和解说。举其大要者言之，约有以下数种：

其一是以“意”与“境”二字来解说“境界”一词。以“意”字来指作品中所写之“情意”，以“境”字来指作品中所写之“景物”，而“境界”一词即兼指二者而言。如刘任萍在其《境界论及其称谓的来源》一文中，便曾云：“‘境界’之含义实合‘意’与‘境’二者而成。”① 萧遥天在其《语文小论》中也曾以为“境界”即是“意境”之意，因而批评静安先生未能兼顾“情意”，仅用“境界”二字为“选词不当”，说：“定词必要兼顾两方面，则‘意境’‘意象’都比‘境界’完美得多。”② 从表面看来，他们的解说和意见原是不错的，因为静安

①刘任萍《境界论及其称谓的来源》,《人间世》半月刊第17期，第18页，上海良友图书印刷公司1934年版。

②萧遥天《语文小论》，第50页，槟城友联印刷厂1956年再版。

先生在《人间词话》第六则中，自己就曾说过“境非独谓景物也，喜怒哀乐亦人心中之一境界。故能写真景物、真感情者谓之有境界，否则谓之无境界”的话。所以“境界”一词除“景物”外，实当亦兼指“情意”而言，若合称之为“意境”，不仅没有什么不妥，而且较之“境界”一词似乎还有更为明白易解之感。此外，静安先生自己在一般批评文字中也曾屡次使用过“意境”二字。如其《宋元戏曲史》，在论及元剧之文章一节中即曾说：“元剧最佳之处……一言以蔽之，曰有意境而已。”[①] 又如其《人间词乙稿·序》也曾提出说：“文学之事，其内足以摅己而外足以感人者，意与境二者而已。”又以意境评各家之词说：“温、韦之精艳所以不如正中者，意境有深浅也。珠玉所以逊六一，小山所以愧淮海者，意境异也。”[②] 如果按写作之年代来看，则《人间词乙稿·序》写于光绪三十三年（1907），较《人间词话》于戊申年（1908）之发表于《国粹学报》，约早一年之久。至于《宋元戏曲史》之完成则在民国二年（1913），较《人间词话》全部刊出约晚三年之久。静安先生既曾用“意境”二字于发表《人间词话》的一年之前，又曾用它于《人间词话》已脱稿的三年之后，而且“意境”二字之表面字义又较“境界”二字尤易于为人所了解和接受，那么何以他在论词之专著《人间词话》一书中，于标示他自己评词之

①《全集》第14册《宋元戏曲考》，第6123页。
②《人间词乙稿·序》，此序旧题山阴樊志厚撰，然而实出于静安先生之手笔。

准则时，却偏偏不选用一般人所认为易解的“意境”二字，而却选用了较难为人理解的“境界”一词？以静安先生一向治学态度之谨严，其间自然必有其所以选用“境界”一词的道理，也就是说，“境界”一词之含义必有不尽同于“意境”二字之处。

除了上面的解说，李长之在其《王国维文艺批评著作批判》一文中，又曾以“作品中的世界”来解说“境界”二字①。这种解说初看起来也极为可取，因为“作品中的世界”一语可以有极广之含义。无论作品中所写内容之为内在之情意或外在之景物，凡属于作品内容之所表现者，都可称之为“作品中的世界”。然而仔细想一想，我们就会发现“境界”与“世界”二词之含义实在并不全同。“世界”一词只能用来描述某一状态或某一情境的存在，并不含有衡定及批评的意味，可是静安先生所用的“境界”二字则带有衡定及批评的色彩。所以我们可以说“词以境界为最上”，却难以说“词以‘作品中的世界’为最上”。因此“境界”一词的含义，也必有不尽同于“作品中的世界”之处。

此外，陈咏在其《略谈境界说》一文中，则曾以“鲜明的艺术形象”来解说“境界”一词之含义，并且举出《人间词话》中所引的许多“语语如在目前”的描写景物之词句来作为

①李长之《王国维文艺批评著作批判》,《文学季刊》创刊号，第243页，北平立达书局1934年版。

例证。不过静安先生在《人间词话》中也曾说过“喜怒哀乐亦人心中之一境界”的话，而喜怒哀乐则并无“形象”可言，因此陈咏乃加以补充说：“‘境界’这一概念也包含着真切感情这个内容。”其后陈氏又想到《人间词话》中所举的“红杏枝头春意闹”一句词，静安先生所赞美的“着一‘闹’字而境界全出”的“闹”字，既非属于形象，也难以说是感情，它只是一种“气氛”，于是遂又加以补充说：“‘境界’这一概念不单有‘形象’与‘感情’的内容,而且也有‘气氛’这一意义。”①如果像陈氏这样不从根本上来界定其含义，而却舍本逐末地从不同作品中的不同内容表现来做解说，那恐怕再加一倍的解释也难以为“境界”二字下一个兼容并包的确定含义。所以这种解说的方式也是不妥的。

又有人尝试从“境界”二字的训诂或出处来界定其含义。萧遥天在其《语文小论》中，就曾由训诂方面加以解释说：“‘境’的本字作‘竟’,《说文》:‘竟，乐曲尽为竟，从音，后人会意。’引而申之，凡是终极的都可称‘竟’。”他更据此下结论说：“文学的造诣的‘终极现象’便称为文境、诗境。”然而萧氏所说的“文学的终极现象”一语，实极为含混模糊，于是他乃又说：“比如单说‘境’，则这个终极现象究竟是什么呢，只是空空洞洞不可捉摸的。”据此他便批评静安先生之用

---

①陈咏《略谈境界说》,《文学遗产》第188期。

“境界”一词为“选词不审”[1]。继之，萧氏又企图从“境界”一词的出处来作解释，引《翻译名义集》曰：“尔焰，又云境界，由能知之智照开所知之境，是则名为过尔焰海。”然后他又批评以“境界”译佛典“尔焰”一词之不妥说：“按‘由能知之智’是指内含的智慧，‘照开所知之境’是指外射的景象，‘境界’的翻译，只说明外射的景象，却把内含的智慧这一面忽略了，王氏袭用之，也同样站不稳。”[2]萧氏的意思乃是以为“尔焰”一词原指智慧所知之境，只译为“境界”便只着重于外在的“境”而忽略了内含的“智”；王氏以“境界”二字评词，此二字便也只能代表外在的景象而忽略了内在的情意，所以乃批评其用词为“站不稳”。其实萧氏指为王氏“选词不审”及“站不稳”的地方，原来却并非王氏的错误，而乃是出于萧氏的误解。这一点我们以下将加以仔细探究。

要想辨别以上各种说法的是非正误，我们必须对静安先生所使用的“境界”二字有一种根本的了解。“境界”二字既非静安先生所自创，则此二字之出处、训诂以及一般人对它的习惯用法，与静安先生采用它的取意，当然便都是我们所应仔细加以研讨的。先自出处来看，则“境界”一词本为佛家语，这原是不错的，不过它却并非如萧遥天氏所指出的《翻译名义集》中的“尔焰”一词之意。“尔焰”之梵语原为Jnēya，

①萧遥天《语文小论》，第4页，槟城友联印刷厂1956年再版。
②同上书，第5页。

意为“智母”或“智境”，意谓“五明等之法为能生智慧之境界者”[①]。这在佛家经典中乃是一个较特殊的术语，而一般所谓“境界”之梵语则原为 Visaya，意谓“自家势力所及之境土”[②]。不过此处所谓之“势力”并不指世俗上用以取得权柄或攻土掠地的“势力”，而乃是指吾人各种感受的“势力”。这种含义我们在佛经中可以找到明显的例证，如在著名的《俱舍论颂疏》中就曾有“六根”“六识”“六境”之说，云：

> 若于彼法，此有功能，即说彼为此法“境界”。

又加以解释说：

> 彼法者，色等六境也。此有功能者，此六根、六识，于彼色等有见闻等功能也。

又说：

> 功能所托，名为“境界”，如眼能见色，识能了色，唤色为“境界”。[③]

---

①见《佛学大辞典》第15册，第2458页，上海医学书局1925年版。五明指声明、工巧明、医方明、因明、内明五种学习之智慧。

②同上书，第14册，第2849页。

③见《佛教大系》第17函《俱舍论颂疏》，第156页，日本大正六年佛教大系刊行会版。

从以上的解说来看，可见唯有由眼、耳、鼻、舌、身、意六根所具备的六识之功能而感知的色、声、香、味、触、法等六种感受，才能被称为“境界”。由此可知，所谓“境界”实在乃是专以感觉经验之特质为主的。换句话说，境界之产生全赖吾人感受之作用，境界之存在全在吾人感受之所及，因此外在世界在未经过吾人感受之功能而予以再现时，并不得称之为“境界”。如外在之鸟鸣花放云行水流，当吾人感受所未及之前，在物自身都并不可称为“境界”，而唯有当吾人之耳目与之接触而有所感受之后才得以名之为“境界”。或者虽非眼、耳、鼻、舌、身五根对外界之感受，而为第六种意根之感受，只要吾人内在之意识中确实有所感受，便亦可得称为“境界”。

以上的认识对于了解《人间词话》中的“境界”一词，乃是非常重要的。虽然当静安先生使用此词为评词之术语时，其所取之含义与佛典中之含义已不尽相同，然而其着重于“感受”之特质的一点，则是相同的；其可以兼指外在之感受与内在之感受的一点，也是相同的。《人间词话》中所标举的“境界”，其含义应该乃是说凡作者能把自己所感知之“境界”，在作品中作鲜明真切的表现，使读者也可得到同样鲜明真切之感受者，如此才是“有境界”的作品。所以欲求作品之“有境界”，则作者自己必须先对其所写之对象有鲜明真切之感受。至于此一对象则既可以为外在之景物，也可以为内在之感情；既可为耳目所闻见之真实之境界，亦可以为浮现于意识中之虚构之境界。但无论如何却都必须作者自己对之有真切之感受，始得称之为“有境界”。如果只是因袭模仿，则尽管把外在之景物写得“桃红柳绿”，把内在之感情写得“肠断魂销”，也依然是“无境界”。此所以静安先生又特别提出：

> 故能写真景物、真感情者谓之有境界，否则谓之无境界也。

其所谓“真”，其实就正指的是作者对其所写之景物及感情须有真切之感受。这是欲求作品中“有境界”的第一项条件。

有些作者自己虽有真切之感受，然而却苦于辞不达意，无法将之表出于作品之中，正如陆机《文赋》开端所说的：“恒患意不称物，辞不逮意，盖非知之难，能之难也。”所以有了真切的感受以后，还要能用文字将之真切地表达呈现出来，所以静安先生乃又提出说：

> “红杏枝头春意闹”，着一“闹”字而境界全出；“云破月来花弄影”，着一“弄”字而境界全出矣。

我们如果仔细加以比较就会发现，若把“闹”与“弄”二字换成一般的动词或形容词，则此两句词便只成了对于外在景物的死板的叙述或记录。有此二字，然后才表现出诗人对那些景物的一种生动真切的感受，一种自我的经验。此静安先生之所以说着此二字然后能使“境界全出”也。此种表达之能力，乃是欲求作品中“有境界”的第二项条件。所以一个作者必须首先对其所写之对象具有真切的体认和感受，又须具有将此种感受鲜明真切地予以表达之能力，然后才算是具备了可以成为一篇好作品的基本条件。因此静安先生在《人间词话》一开端才特别标举出来说：

词以境界为最上。有境界则自成高格，自有名句。

他的意思便正是在说明“词”这一种作品，应当以能够表现有作者经由内外在经验所获的“境界”为最好，有了作者个人的“境界”，然后自然才会有“高格”，才会有“名句”产生出来。所以“有境界”乃是成为一首好词的基本条件。这应该才是静安先生以“境界”论词的根本主旨所在，也是我们在讨论境界说时所当澄清的第一个重要观念。

除了以上由佛家语之出处为“境界”一词所求得的这一语源上的含义外，如果我们再从“境界”一词之训诂及一般人对此一词之习惯用法来看，则我们还可为它找寻出其他的一些含义。

先从训诂来看，萧遥天所提出的“竟，乐曲尽为竟”，以及“凡是终极的都可称‘竟’”的说法，实在不过只是“竟”字作为“终竟”之解释的本义。至于当其引申为“境界”之意时，则我们实当以说文“界”字之训诂为参考。据《说文》：

"界，竟也。"段注云：

> 竟，俗本作"境"，今正。乐曲尽为"竟"，引申为凡边竟之称。"界"之言介也，介者画也，画者介也，象田四界。①

从这种画为界域的训诂的意思引申，在一般文艺评论中对此一词之使用，大略可归纳出以下几种最常见的用法：一、用为指一种现实之界域而言者。如《苦瓜和尚画语录》境界章之"三叠两段"之说，便是指画面上"一层山，二层树，三层水"及"景在下，山在上，俗以云在中，分明隔做两段"②的布局上之现实界划。二、用为指作品中所表现的内容之抽象的界域而言者。如刘公勇《七颂堂词绎》云："词中境界有非诗之所能至者，体限之也。"③其所云"境界"便是一种抽象之界域，是指诗和词因其体式而形成的表现上之限度。三、用为指作品中所表现之修养造诣而言者。如沈德潜《清诗别裁集》论谢方山诗云"淡然无意，自足品流，此境最是难到"④，便是指修养造诣而言者。四、用为指作品中所写之情意及景物而言者。如鹿乾岳《俭持堂诗序》云"神智才情，诗所探之内境也；山川

---

①参见《说文》段注十三下，第14册，第39页，商务印书馆《万有文库》本。
②参见《石涛画语录译解》境界章第十，第42页，朝花美术出版社1963年版。
③刘公勇《七颂堂词绎》,《词话丛编》第2册，第627页，广文书局1969年版。
④沈德潜《清诗别裁集》，第104页，商务印书馆《万有文库》本1958年版。

草木，诗所借之外境也”[1]，便是指作品中所写之情意及景物而言者。

以上种种用法与《人间词话》中所提出的作为评词之基准的“境界”一词之含义并不全同，不过我们如果能够对这几种用法有所认知，则对于了解《人间词话》也有莫大之助益。因为一则在《人间词话》中所提到的“境界”一词，除去开端数则确实有严格的批评之基准的义界以外，在其他各则中，静安先生原来有时也有按照一般习惯用法来使用的情形。再则当“境界”一词被用为批评基准之特殊术语时，其中往往也仍兼有以上种种习惯用法之多重含义。现在我们先就“境界”一词在《人间词话》中援用一般习惯用法的情形来看，如第十六则云：“境界有二：有诗人之境界，有常人之境界。”此所谓“境界”，便当是泛指作品中一种抽象之界域而言者。又如第二十六则所云“古今之成大事业、大学问者，必经过三种之境界”，此所谓“境界”，便当是指修养造诣之各种不同的阶段而言者[2]。又如第五十一则所云：“‘明月照积雪’‘大江流日夜’‘中天悬明月’‘黄河落日圆’，此种境界，可谓千古壮观。”此处之所谓“境界”便当是指作品中所描写之景物而言

---

①鹿乾岳《俭持堂诗序》，转引自萧遥天《语文小论》第1页，槟城友联印刷厂1956年再版。

②《静安文集续编·文学小言》中，曾有一则论及“古今之成大事业、大学问者，不可不历三种之阶级”，其所引之词句与本则词话全同。惟是凡《人间词话》中之“境界”一词，在《文学小言》中皆作“阶级”二字，足可见此则词话中之“境界”一词乃指修养造诣之阶段而言。见《全集》第5册，第1842—1843页。

者。凡此种种，静安先生都是只就“境界”一词之一般习惯用法来使用的。其次再就“境界”一词作为评词基准之特殊术语来看，则如我们前面之分析，静安先生之选用此词，原来就特别着重于其可以真切生动地感受及表达之特质，而此种感受又兼内在之情意与外在之景物而言，是则“境界”一词盖原已含有一般指作品中“情意”或“景物”的习惯用法之意。而无论其为“情意”或“景物”，既已表现于作品之中，当然便也有一般习用的指作品中一种抽象之界域之意。再就其可以作为衡量一篇作品的艺术成就之基准言，当然也含有某一阶段或某一层次的意味。凡此，都是“境界”一词作为评词基准之特殊术语时，因一般习惯用法之影响而获致的多重含义。

从以上的分析来看，静安先生选用了这一个既有出处又为一般人所常用的“境界”一词，来作为他的评词之特殊术语，实在是有其长处也有其缺点的。先从长处来说，第一，这种选择合于中国文人选择用词时之着重于“有出处”的传统惯例，所以尽管其语意含混模棱，也依然易于为一般读者所承认和接受。第二，这种选择可以使这一个极简短的批评术语，透过其出处和一般的习惯用法而有极丰富的多方面的含义，既足以概括一切作品的各种内容，又可成为衡量各种不同作品之艺术成就的基本准则。以上两点可以说是静安先生使用“境界”一词评词的长处所在。至于就其缺点而言，则也可以分为两点来看。第一，“境界”一词既曾屡经前人使用，有了许多不同的含义，因此当静安先生以之作为一种特殊的批评术语时，便也极易引起读者们不同的猜测和解说，因而遂不免导致种种误会。第二，静安先生自己在《人间词话》中对“境界”一词之使用，原来也就并不限于作为特殊批评术语的一种用法而已，它同时还有被作为一般习惯用法来使用的情形。这当然也就更增加了读者对此一词在了解上的混淆和困难。以上两点可以说是静安先生选用此词作为其批评术语的缺点所在。由于这些原因，所以我们在读《人间词话》时，必须对“境界”一词之作为评词的基准的特殊用法，及其依一般含义来使用的各种不同情形，以及一般用法所可能附加于这作为批评术语的“境界”一词之多重含义，都有清楚的理解和辨别，如是才能对《人间词话》中的“境界”说，有较正确的、较全面的了解，而不致发生混淆和误解的现象。这应该是我们在探讨《人间词话》之批评理论与批评实践时，所当具有的最基本的认识①。

二、有关境界的一些其他问题

对“境界”这一批评术语之含义有了上述的基本认识后，我们才可以对《人间词话》中与“境界”有关的一些其他问题分别加以进一步的讨论。首先我们所要讨论的乃是“有我之境”与“无我之境”的问题。在《人间词话》第三则中，静安先生曾提出二者间的不同说：

---

①笔者近年来对王氏之“境界”说有更进一步之诠释，请参看大安出版社出版之《中国词学之现代观》，及岳麓书社出版之《词学古今谈》中之《论王国维词》。

有有我之境，有无我之境。“泪眼问花花不语，乱红飞过秋千去”“可堪孤馆闭春寒，杜鹃声里斜阳暮”，有我之境也。“采菊东篱下，悠然见南山”“寒波澹澹起，白鸟悠悠下”，无我之境也。有我之境，以我观物，故物皆着我之色彩。无我之境，以物观物，故不知何者为我，何者为物。古人为词，写有我之境者多，然未始不能写无我之境，此在豪杰之士能自树立耳。

又于第四则中补充说明二者之不同云：

无我之境，人惟于静中得之；有我之境，于由动之静时得之。故一优美，一宏壮也。

关于静安先生提出的这种“有我”“无我”之说，过去也曾引起过不少争论。有人以“同物”和“超物”来解释“有我”和“无我”，例如朱光潜在其《诗论》一书的第三章“诗的境界——情趣与意象”中，就曾特别提出王氏的“有我”“无我”之说，以为王氏“所指出的分别，实在是一个很精微的分别，不过从近代美学观点看，王氏所用名词似待商酌”。于是朱氏乃提出了“同物之境”和“超物之境”的说法。他以为：“所谓‘有我之境，以我观物，故物皆着我之色彩’，就是近代美学的所谓‘移情作用’。”又加以解释说：

“移情作用”的发生是由于我在凝神观照事物时，霎时间由于物我两忘而至物我同一，于是以在我的情趣移注于物。换句话说，移情作用就是“死物的生命化”或是“无情事物的有情化”。

这种境界，依朱氏之意当叫作“同物之境”。至于“无我之境”，则朱氏以为乃是：

诗人在冷静中所回味出来的妙境，就没有经过移情作用。①

这种境界，依朱氏之意当叫作“超物之境”。

从以上的叙述来看，我们不能不称赞朱氏所提出的实在也是一个“很精微的分别”。不过如以朱氏的“同物”与“超物”来解说王氏的“有我”与“无我”，却实在并不切合。这我们只需举出一些例证来，就足可得到证明。如王氏所举的“有我之境”的两个例子：“泪眼问花花不语，乱红飞过秋千去”与“可堪孤馆闭春寒，杜鹃声里斜阳暮”。前一例的“泪眼”二句，还可以勉强解作诗人把“花”亦视为“有情”乃是由于“移情作用”，所以得称为“同物之境”。然而后一例的

①以上所引各节见朱光潜《诗论》，第56页，正中书局1962年版。又见开明书局1968年第4版同书，第23页。又《诗的隐与显》,《人间世》第1期，第18页，上海良友图书印刷公司1934年版。(编者注：朱文原题《诗之显与晦》)

"可堪孤馆闭春寒，杜鹃声里斜阳暮"，则其中实在看不出什么明显的作用，作者也未曾把"杜鹃""斜阳"视为有情，则如何能说是"同物之境"？而这两个例子在王氏理论中却都属于"有我之境"，可见朱氏所说的"同物之境"，实在并不同于王氏所说的"有我之境"。再则王氏于《人间词话》第四则论及"有我之境"与"无我之境"之形成及其表现于作品中之过程时，曾特别提出前者乃是"于由动之静时得之"，而其感受则是"宏壮"之感。可是朱氏在《诗论》中所举的"同物之境"的例子，如"数峰清苦，商略黄昏雨"，则虽把"数峰""生命化"，视其为"有情"，却实在看不出其中有什么"由动之静"的过程，也体会不出什么"宏壮"的感受。由此可见朱氏所说的"同物"及"超物"之境，与王氏所说的"有我"及"无我"之境，实在乃是并不相同的。

此外还有人以"主观"与"客观"来解释"有我"与"无我"。例如萧遥天在其《语文小论》中即曾云："王氏的有我，以我观物，似乎是主观的；无我，以物观物，似乎是客观的。"[①] 又因王氏在《人间词话》第三则中曾说"古人为词，写有我之境者多，然未始不能写无我之境，此在豪杰之士能自树立耳"，于是遂认为："王氏把无我之境（按：即萧氏所谓客观的作品）排为文章最高的境界。"[②] 然而萧氏在这样解说后却马

---

①萧遥天《语文小论》，第70页，槟城友联印刷厂1956年再版。

②同上书，第67页。

上发现了一个矛盾的地方，因为在《人间词话》中，静安先生原来还曾有一则词话论及“主观”与“客观”，说：

> 词人者，不失其赤子之心者也。故生于深宫之中，长于妇人之手，是后主为人君所短处，亦即为词人所长处。客观之诗人不可不多阅世，阅世愈深则材料愈丰富、愈变化，《水浒传》《红楼梦》之作者是也。主观之诗人不必多阅世，阅世愈浅则性情愈真，李后主是也。

于是萧氏乃批评静安先生说：

> 他一面扬无我（客观）抑有我（主观），一面又扬主观（有我）抑客观（无我），恰好是以子之矛攻子之盾。[①]

殊不知王氏所说的“有我”与“无我”，本来就不同于“主观”与“客观”，萧氏认为矛盾者原来完全是由于他自己把“有我”“无我”错误地解作“主观”“客观”而产生出来的。

从上面的讨论，我们已可看出王氏所说的“有我”与“无我”，实在既不同于朱氏所说的“同物”与“超物”，也不同于萧氏所说的“主观”与“客观”，那么王氏所说的“有我”与“无我”，其含义又究竟如何呢？要想解答此一问题，我们

---

①萧遥天《语文小论》，第77页。

便不得不回过头来对王氏自己为这两个概念所下的解说作一探讨。当王氏论及这两个概念时，有几点界说是极可注意的。其一是："有我之境，以我观物，故物皆着我之色彩。无我之境，以物观物，故不知何者为我，何者为物。"其二云："无我之境，人惟于静中得之；有我之境，于由动之静时得之。故一优美，一宏壮也。"这两段话是了解"有我"与"无我"之境的关键，此处我们先从"优美"与"壮美"之性质来下手探讨。

我们在前一节讨论静安先生的杂文时，已曾论及他因受康德及叔本华哲学之影响所形成的美学观念。在其《叔本华哲学及其教育学说》一文中，曾述及"优美"与"壮美"之区别云：

> 今有一物令人忘利害之关系而玩之而不厌者，谓之曰优美之感情。若其物直接不利于吾人之意志，而意志为之破裂，唯由知识冥想其理念者，谓之曰壮美之感情。

经由此种观念，再来看他所揭示的"有我""无我"之说，我们就会了解他所说的"有我之境"，原来乃是指当吾人存有"我"之意志，因而与外物有某种对立之利害关系时之境界；而"无我之境"则是指当吾人已泯灭了自我之意志，因而与外物并无利害关系相对立时的境界。我们可以试取他所举的例证来作为这种解说的参考。他所称为"有我之境"的词句，如"泪眼问花花不语，乱红飞过秋千去""可堪孤馆闭春寒，杜鹃声里斜阳暮”，便都可视为“我”与“外物”相对立，外界之景物对“我”有某种利害关系之境界。至于他所称为“无我之境”的词句，如“寒波澹澹起，白鸟悠悠下”“采菊东篱下，悠然见南山”，便都可视为“我”与“外物”并非对立，外界之景物对“我”并无利害关系时之境界。在“有我之境”中，“我”既与“物”相对立，所以是“以我观物，故物皆着我之色彩”。在“无我之境”中，则“我”与“物”已无利害相对之关系，而与物达到一种泯然合一的状态，所以是“以物观物，故不知何者为我，何者为物”。不过无论是“有我之境”或“无我之境”，当其写之于作品中时，则又都必然已经过诗人写作时之冷静的观照。“无我之境”既原无“我”与“物”利害关系之对立，自开始就可以取静观的态度。所以说：“无我之境，人惟于静中得之。”至于“有我之境”，则在开始时原曾有一段“我”与“物”相对立的冲突，只有在写作时才使这种冲突得到诗人冷静的观照，所以说：“有我之境，于由动之静时得之。”又因在“有我之境”中，既有“物”“我”利害之冲突，所以其美感乃多属于“宏壮”一类；而在“无我之境”中，既根本没有“物”“我”对立之冲突，所以其美感乃多属于“优美”一类。由此可知，静安先生所提出的“有我”与“无我”两种境界，实在是根据康德、叔本华之美学理论中由美感之判断上所形成的两种根本的区分。

如果以上述的区分来与前面所提到的朱光潜的“同物”与“超物”之说，以及一般人所说的“主观”与“客观”之区别相比较，我们就会发现，朱光潜的“同物”与“超物”之别，实源于立普斯（Lipps）美学中的“移情作用”之说，这乃是就欣赏时知觉情感之外射作用而言者[①]。至于所谓的“主观”与“客观”之别，则当是就创作时所采取的态度而言者。这些说法与《人间词话》中“有我”“无我”之出于康德、叔本华之美学中，就“物”“我”关系所形成的美感之根本性质而作区别的说法，实在有许多不同之处。举例而言，如朱光潜所提出的“数峰清苦，商略黄昏雨”两句，就立普斯美学之欣赏经验而言，乃是由于作者之感情移入于外物，将外物亦视为有情而予以生命化所得的结果，可称为“同物”之境界。可是就《人间词话》之源于康德、叔本华之美学理论而言，则此两句中并没有“我”之意志与“物”相对立的冲突。因此此种境界便绝不能将之归属于有“宏壮”之感的“有我”之境界。反之，则《人间词话》所举的“可堪孤馆闭春寒，杜鹃声里斜阳暮”，其中虽无移情作用所产生的将外物视为有情而予以生命化之现象，然而其所写的“孤馆”“春寒”“杜鹃”“斜阳”却似乎无一不对“我”有所威胁，明显地表现了“我”与“物”间之对立与冲突。此种境界虽非“同物”却绝然乃是“有我”。然则“同物”与“超物”之不同于“有我”与“无我”，岂非显然可见？再如《人间词话》中所举的“采菊东篱下，悠然见南山”两句诗，其所谓“采菊”，岂非明明是“我”“采”；其所谓

①参见朱光潜《文艺心理学》，第33—36页，香港太平洋图书公司1960年版。

"见山"，岂非明明也是"我""见"？是则就其写作时所取之态度言之，则此两句诗实在乃是"主观"的。然而如就其所表现之境界之全无"物""我"对立之冲突而言，则此两句诗就康德、叔本华之美学而言，其性质却原属具有优美之感的"无我"之境界。又如静安先生所举为客观之代表作的《红楼梦》一书，就其叙写所取之态度言之，虽可谓之为客观之作，然而若就其表现的主题，宝玉之意志与外在环境之冲突一点而言，则此书之大部分实在仍当属于"有我"之境界。由于如此，静安先生在其《〈红楼梦〉评论》一文中，便曾明白提出说："此书中壮美之部分较多于优美之部分。"[①] 然则"主观"与"客观"之绝不同于"有我"与"无我"，岂不也是显然可见？

当我们能够清楚地辨明了"有我""无我"之义界，及其与"同物""超物"和"主观""客观"的区别后，我们就可进一步讨论与此有关的其他两项问题。其一是《人间词话》所说的"古人为词，写有我之境者多，然未始不能写无我之境，此在豪杰之士能自树立耳"的话，曾被人认为王氏乃是以为无我之境高于有我之境之意。朱光潜在《诗的隐与显》一文中，便曾经说："王先生以为'有我之境'比'无我之境'品格较低。"[②] 萧遥天在《语文小论》中也曾经说："王氏把无我之境排为文章最高的境界。"其实这种说法原来乃是一种误解。静

①《全集》第5册《〈红楼梦〉评论》，第1650页。

②朱光潜《诗的隐与显》，《人世间》第1期，第18页，上海良友图书印刷公司1934年版。

安先生对于“有我”“无我”两种境界，本来应该并没有什么轩轾之意，这我们只要一看他对于那些属于“壮美”一类“有我”的作品及作者，如小说中之《红楼梦》、词人中之李后主的倾倒赏爱，便可证明他绝不是一个偏重“无我”之境而轻视“有我”之境的人。然而他却竟然提出了“写无我之境”之有待于“豪杰之士能自树立”的说法，这当然极易引起一般读者的怀疑和误会。可是只要我们一加深思，便会了解这个说法实在也是源于叔本华的意志哲学。叔氏之哲学盖认为世人莫不受意志之驱使支配而为意志之奴隶，故其哲学之最高理想便在于意志之灭绝。如果透过这种哲学来看文学作品，当然便会感到大部分作品不外于意志、欲望的表现，因此乃经常与物对立，成为“有我”之境界。至于能超然于意志之驱使支配而表现“无我”之境的作者，就叔氏之哲学言之，当然便可算是“能自树立”的“豪杰之士”了。这种称誉实在仅是就叔氏哲学之立足点而言，与文学评价之高低并无必然之关系。这是我们所当辨明的第一个问题。

再则《人间词话》中所使用的“无我”一词，实在只是为了立论方便起见，借此一词以指称物我之间没有对立之冲突，因之得以静观外物的一种境界。所以此种境界虽称为“无我”，然而观赏外物之主人则依然是“我”。何况如我们在前面之分析，《人间词话》所标举的“境界”一词，其取义原来就特别着重于感受之性质，凡作品中表现有作者真切之感受者，方可谓之为“有境界”。如此则更可证明作品中之必然有“我”。

所以静安先生在《人间词话·删稿》第十则中就又曾特别提出说：

昔人论诗词，有景语情语之别，不知一切景语皆情语也。

即以他论“无我之境”所举的两则例证来看，如陶渊明之“采菊东篱下，悠然见南山”两句，其中“悠然”两字的叙写，实在便早已透露了这首诗后面一句所说的“此中有真意”的一份感受。又如元好问的“寒波澹澹起，白鸟悠悠下”两句，其中“澹澹”及“悠悠”两个词语，实在也早已透露了这首诗后面所描述的“动态本闲暇”的一份“闲暇”的感受。叶鼎彝《广境界论》一文便也曾提出这两则例证说：“‘采菊东篱下，悠然见南山’为千古名句，这两句诗好的地方在哪里呢？绝不在这十个字的表面，也绝不在描写‘采菊’时或‘南山’的景物，好的地方就在概括地说出这么一件事，有意无意地点明作者自己的感觉。”又说：“‘寒波澹澹起，白鸟悠悠下’两句诗也是这样，‘寒波’‘白鸟’是说景物，‘澹澹起’‘悠悠下’也好像是说景物，可是这景物中却渗有作者自己的主观情感，这主观情感作者并没有明白地说出来，也是要读者自己去体会玩味的。”由此可见《人间词话》中所标举的“无我”，原只不过是借用此词以说明作品中“物”“我”之间没有冲突对立的一种境界而已，而并不是说作品中绝对没有“我”——萧遥天氏在其《语文小论》中误会了《人间词话》中“无我”一词的含义，而以为其所指的乃是真正“没有我”的境界，因而乃提出异议说：

> “我”绝对不会无，王氏所提的无我境界……“无”字定得太武断，我以为应作“忘我”。①

这种说法实在是因为萧氏对王氏所用的“无我”一词，未曾有清楚之认知的缘故。这是我们所当辨明的又一问题。

有了以上这种种清楚的辨认后，我们对《人间词话》所提出的“有我”与“无我”两种境界，才可以有真正的体认，而不致望文生义地将之作为“同物”“超物”或“主观”“客观”等种种错误的解说。这对于了解《人间词话》的“境界说”也是极为重要的。

除去以上我们讨论的“有我”与“无我”两种境界外，《人间词话》还曾将境界分别为“造境”与“写境”两种之不同。《人间词话》第二则云：

> 有造境，有写境，此理想与写实二派之所由分。然二者颇难分别，因大诗人所造之境必合乎自然，所写之境亦必邻于理想故也。

①萧遥天《语文小论》，第73页，槟城友联印刷厂1956年再版。

第五则云：

> 自然中之物互相关系、互相限制，然其写之于文学及美术中也，必遗其关系、限制之处，故虽写实家亦理想家也。又虽如何虚构之境，其材料必求之于自然，而其构造亦必从自然之法则，故虽理想家亦写实家也。

关于这两则词话，过去也曾有人对之发生过误解，例如吴宏一在其《王静安境界说的分析》一文中，便曾经认为"造境""写境"与"有我之境""无我之境""深相关连"，说：

> 写境以物观物……故近于无我之境……造境以我观物……所以比较近于有我之境。[①]

又如萧遥天在其《语文小论》中，则又曾将"写境""造境"与"主观""客观"混为一谈，说：

> 客观描写与主观描写，这是放在平行的标准下的两种描写手法，写境与造境是这两种手法的分途发展。[②]

---

①吴宏一《王静安境界说的分析》,《现代文学》季刊第33期，第121页，1967年12月出版。

②萧遥天《语文小论》，第35页，槟城友联印刷厂1956年再版。

又说：

> 属于写境的作品应该是指客观地描写外界现象与内心现象，属于造境的作品应该是指主观地描写外界现象与心理现象。①

如果像这样牵附立说，则《人间词话》中所提出的“有我”“无我”“主观”“客观”“造境”“写境”等不同的批评术语，岂不都成了同一含义的多次重复？其实这种混淆原来都只出于说者的误解，这只要我们肯对静安先生为每一批评术语所作的简短说明一加思索，便可见出他所使用的每一批评术语，实在都有其不同的含义。例如“有我”“无我”与“主观”“客观”的分别，我们在前面已曾对之加以分析说明。所谓“有我”“无我”，乃是就作品中所表现的“物”与“我”之间是否有对立之关系而言；所谓“主观”“客观”，则是就写作时所取的叙写态度而言的。至于此处所谓的“造境”与“写境”，则是就作者写作时所采用的材料而言的。举例而言，如“泪眼问花花不语，乱红飞过秋千去”“可堪孤馆闭春寒，杜鹃声里斜阳暮”及“采菊东篱下，悠然见南山”“寒波澹澹起，白鸟悠悠下”，在《人间词话》中，前二者是属于“有我之境”，后二者则属于“无我之境”。也就是说如果按“物”“我”之间有无

① 萧遥天《语文小论》，第35页，槟城友联印刷厂1956年再版。

对立之关系言，前后二则例证之间实在有着明显的不同。可是如果就其作品中所采用的写作材料而言，则无论其为“飞过秋千”的“乱红”与“杜鹃声里”的“斜阳”，或是“菊花”“南山”与“寒波”“白鸟”，其所写的却该都是眼前实有之物，也可以说同是“写境”之一类。由此可见“造境”“写境”之别与“有我”“无我”之别，实在并无必然之关系。又如“可堪孤馆”两句虽近于“写境”，可是秦少游这一首词的前面数句，如“雾失楼台，月迷津渡，桃源望断无寻处”，其所写之景物就似乎象喻之意多于写实，近于“造境”而非“写境”。可见在一篇作品中，乃是可以同时既有“造境”也有“写境”的。而在秦少游这首词中，其所采用之写作材料，虽同时既有“造境”又有“写境”之不同，可是如果就其叙写所取之态度而言，则我们却又可发现这首词通篇都是出于主观的叙述。由此可见“造境”“写境”之区别与“主观”“客观”之区别，实在也并无必然之关系。以上这些辨别，乃是我们对于“造境”与“写境”所当具的第一点了解。

除此以外，静安先生既又曾提出“造境”与“写境”乃是理想与写实两派之所由分，我们对这一点自也当略加解说。首先我们需要说明的是静安先生所提出的“理想”与“写实”二词，实在不过只是假借西方学说理论中的这两个词语来作为他自己立说的代用品而已。其所谓“理想”，与西方伦理学中之与快乐主义、利己主义相对待之理想主义既不相同，与西方美学中之与形式主义、印象主义相对待之理想主义也并不相同。

即使就西方文学理论而言，静安先生所提出的“理想”与“写实”之分别，与西方文学中理想与现实二大流派的一些义界纷然的各种理论，也并无太大的关系。他所着重的原来只是二者之“所由分”的一点根本上的差异而已，而其差别之处，则在于取材于现实中实有之事物者为“写实”一派之所由起，而取材于非现实中实有之事物，但出于作者意念中之构想者，则是“理想”一派之所由起。本来此种区别实在极为简单明白，然而事实上在一般文学作品中，我们却极难如此作截然的划分，所以静安先生乃又提出了“然二者颇难分别”的话。下面我们便将对其所以“颇难分别”的缘故略加分析。

在《人间词话》第五则中，静安先生对二者之难以分别原曾有过一段说明，这我们在上面已曾引述过。在这一则词话中，后半段论及虚构之境也必“求之于自然”，这种道理是不难理解的，因为任何一位作者当其构想时，无论其所欲叙写者为何等新异诡奇之事物，然其想象之凭借，实不得不取资于其得之于现实生活之种种经验及知识，这几乎可以说是证之于古今中外之作者而皆然的。即以前面我们所举的“雾失楼台，月迷津渡，桃源望断无寻处”数句为例，如果以之与下面的“可堪孤馆闭春寒，杜鹃声里斜阳暮”两句对照，我们便可看出后两句的起头分明有“可堪”二字，此二字以下是作者直接说明其所难以堪受的现实景况，所以“孤馆”的“春寒”与“杜鹃声里”的“斜阳”，应当乃是“写境”。而与之相对的前面数句，则作者仅不过举出了迷茫失所的几种意象来表现其心中的一片悲惘之情，并不必是现实实有的景况，所以其所写的“雾失楼台，月迷津渡”等，实在应属“造境”。虽然如此，其想象所凭借之“雾”与“月”及“津渡”与“楼台”等，则无疑地仍是“求之于自然”的现实中实有之物。而楼台与津渡之可以“迷”“失”于茫茫的雾霭与濛濛的月色之中，其想象之构成当然也仍是“从自然之法则”。不仅我们现在提出的这则例证为然，即使以最善于以虚构及想象来“造境”的诗人，如李义山而言，他所写的“到死丝方尽”的“春蚕”、“成灰泪始干”的“蜡炬”与“沧海月明”中“有泪”的“珠”、“蓝田日暖”中“生烟”的“玉”，其所取材可以说也无一不是“求之于自然”，其构想也可以说无一不是“从自然之法则”。这种情形甚至存在于当代西方文学中那些有意表现人类的荒谬处境的作品里，像卡夫卡（Franz Kafka）和贝克特（Samuel Beckett）就是很好的例子。如卡夫卡的小说《蜕变》，这篇作品透过寓言的形式，以不可思议的想象使一个青年于一夜间变成了一只甲虫，这种构想可谓极荒谬之能事①。然而即使透过了如此荒谬的对于事象的变形和重组，我们却仍可看出其想象之构成与事件之发展，仍是有着某些“自然之法则”为依据的。这类的例证当然都可作为静安先生所说的“虽如何虚构之境，其材料必求之于自然，而其构造亦必从自然之法则，故虽理想家亦写实家也”的最好证明。

---

①卡夫卡《蜕变》，张惠锁译，《现代文学》季刊第17期，1967年6月出版。

至于这一则词话前半段所说的"自然中之物互相关系、互相限制，然其写之于文学及美术中也，必遗其关系、限制之处，故虽写实家亦理想家也"，则颇为费解。首先我们应该讨论的是：静安先生所说的"遗其关系、限制之处"一语含义何指的问题。柯庆明在其《论王国维〈人间词话〉中的境界》一文中对此曾解释云：

> 当我们描写达到感知的过程，以达到呈现一个独立自足的生活世界时，我们是在舍去不相干的经验，把相干的纳入系统，组织成一个纸上完整的世界。也就是说，从另外一种意义上，它也是一种创造，而不只是一种单纯的对现实之模仿。①

从这段话来看，柯氏的了解和说明似乎颇近于一般所谓"取舍剪裁"之意。然而静安先生何以不用一般习用的说法说"写之于文学及美术中也，必经过作者之取舍剪裁"，却偏要用不寻常的说法说"必遗其关系、限制之处"，其道理正是在于他原来所指的并非对于外在对象的取舍剪裁。我们从静安先生表现于其杂文、《〈红楼梦〉评论》及《人间词话》等作品中的美学观点来看，就会发现他这段话所欲阐明的，只是在创作活动中作者

---

①柯庆明《论王国维〈人间词话〉中的境界》，《一些文学观点及其考察》，第61页，台北大西洋图书公司1970年版。

对于外界事物的观照态度及外在事物在作品中的呈现而已，并未涉及诉诸知性的对于观照结果的排比取舍等步骤。因此所谓的“遗其关系、限制”一语的意思，应该解释作任何一个事象，当其被描写于文学及艺术作品时，由于作者的直观感受作用，它已全部脱离了在现实世界中的诸种关系及时间空间的各种限制，而只成为一个直观感受之对象，于是它之存在于作品中也就不是单纯的“写实”的结果了。这种观点的产生实在是源于叔本华的美学理论，静安先生在其《叔本华与尼采》一文中，曾译述叔本华《意志及观念之世界》一书中论美术之言曰：

> 此特别之对象，其在科学中也，则藐然全体之一部分耳，而在美术中……则空间时间之形式对此而失其效，关系之法则至此而穷于用。①

这段话显示出从叔本华的美学观点来看，任何一对象，当其表现于文学艺术中时，原来就都已超然于现实利害及时空各种关系限制之外了。静安先生在其《〈红楼梦〉评论》一文中，于论及人生及美术之概观时，也曾对这种美学观念加以发挥说：

> 夫自然界之物，无不与吾人有利害之关系，纵非直接亦必间接相关系者也。苟吾人而能忘物与我之关系而观

---

①《全集》第5册《静安文集·叔本华与尼采》，第1674页。

物，则夫自然界之山明水媚、鸟飞花落，固无往而非华胥之国、极乐之土也。岂独自然界而已，人类之言语动作、悲欢啼笑，孰非美之对象乎？然此物既与吾人有利害之关系，而吾人欲强离其关系而观之，自非天才岂易及此！[1]

从这些话来看，可见《人间词话》中所说的“必遗其关系、限制之处”，原来就正指的是叔本华美学中“强离其关系而观之”的一种直观感受的表现。按这种说法，则任何对象，当其写之于文学及艺术中时，纵然是“写境”的作品，也便因其超然于现实利害及时空之限制关系以外，而达到一种“理想”之境地了。所以静安先生在《人间词话》第五则中所说的互相关系、互相限制的自然界之物，一旦“写之于文学及美术中也，必遗其关系、限制之处，故虽写实家亦理想家也”，原来乃是自有其美学理论上之根据的，它并不仅是泛指一般的“取舍剪裁”之意。这是我们对这段词话所当具的根本了解。

此外，我们再由前面所分析的静安先生之“境界”说来看，他所提出的“境界”的含义，原来就特别着重于作者对其所写之事物应有自己真切之感受的这种特质，如此说来，则任何事物被写之于作品中时，当然便已经都或多或少为作者之情绪及人格所浸润。因此对于一些富于理想之伟大诗人而言，其作品中即使是属于“写实”之作，便也往往不免沾有了“理想”的

① 《全集》第5册，第1633页。

色彩。就以陶渊明所写的“采菊东篱下，悠然见南山”两句诗来看，尽管其所写的“菊花”“东篱”“南山”都是实有之物，而且“采菊”“见山”也是实有之事，可是透过了这位富于理想之大诗人陶渊明的叙写，这两句就取材言，原当全属于“写境”的作品，遂竟而因作者陶渊明自己之一种邻于理想的感受，而使得这两句“写境”之作，也油然充满了“此中有真意，欲辨已忘言”的一种理想的意味。这也就正是静安先生之所以特别提出来说“大诗人……所写之境亦必邻于理想”的缘故。

由以上的几段分析来看，可见《人间词话》中所说的“有造境，有写境，此理想与写实二派之所由分。然二者颇难分别，因大诗人所造之境必合乎自然，所写之境亦必邻于理想故也”这一段话，我们实在应该对之分成几个层次来了解。首先“造境”与“写境”乃是因作品中取材之不同而提出的两种区别，绝不可将之与“有我”“无我”或“主观”“客观”等区别混为一谈。再则他又提出“造境”与“写境”乃是“理想与现实二派之所由分”，说明了这不过只是一个分歧的起点，我们也绝不可将之与西方思想理论中的各种“理想”与“写实”之派别主义混为一谈。三则他又提出“二者颇难分别”的缘故，仍归结于“造境”与“写境”之取材原来就有着难以作截然区分的现象，而以第五则论写实之境之亦“必遗其关系、限制之处”，虚构之境之亦“必求之于自然”且“必从自然之法则”，作为二者难以区分的说明。当我们对于上述的几个层次，及其所根据的叔本华之美学概念都有了清楚的认识以后，我们对于他所提出的“造境”和“写境”及其与“写实”和“理想”二者之间的关系，当然就会有透彻的认识而不会发生误解的现象了。

以上我们对于《人间词话》中所提出的有关“境界”的各种区分，如“有我”“无我”及“造境”“写境”等，既都已分别加以分析解说，最后我们所要讨论的便是境界之“大”“小”的问题了。《人间词话》第八则云：

> 境界有大小，不以是而分优劣。“细雨鱼儿出，微风燕子斜”，何遽不若“落日照大旗，马鸣风萧萧”；“宝帘闲挂小银钩”，何遽不若“雾失楼台，月迷津渡”也。

关于这一则词话，我们当分两层来加以讨论。第一是此一则词话中所谓的“境界”之“大小”究竟何指的问题。第二是“境界”虽有“大小”，是否“不以是而分优劣”的问题。先谈第一点。有人以为境界之大小的区别，就正指的是“有我”“无我”及“造境”“写境”的区别，如刘任萍在其《境界论及其称谓的来源》一文中，于论及《人间词话》境界说之体系时，便曾将“大境界”与“有我之境”及“造境”列为一系统，而将“小境界”与“无我之境”及“写境”列为一系统[①]。

---

①刘任萍《境界论及其称谓的来源》，《人间世》半月刊第17期，第21页，上海良友图书印刷公司1934年版。

又如吴宏一在其《王静安境界说的分析》一文中，也曾经提出相似的说法说：

> 据王静安的看法，境界又有大小之分，但我们细绎详读全书，可以发现这和他所说的造境、写境与有我之境、无我之境深相关连。

又说：

> 境界小者多近于写境……近于无我之境；境界大者多近于造境……近于有我之境。[①]

关于“造境”“写境”与“有我”“无我”之不同，我们在前面已曾对之做过明白的分析，指出二者之绝不可混为一谈。因为“有我”“无我”乃是就“物”与“我”之间有无对立之关系而言的，“造境”“写境”乃是就作品取材之或出于虚构或出于自然而言的。至于此处所提出的境界之大小，则就其所举之例证来看，实在应当乃是就作品中取景之巨细及视野之广狭而言的。其与“有我”“无我”及“造境”“写境”二者之区别，实在有着显明的不同。吴氏以为“境界小者多近于写境”“境

①吴宏一《王静安境界说的分析》,《现代文学》季刊第33期，第120—121页，1967年12月出版。

界大者多近于造境”，这种说法实在颇有值得商榷之处。因为从一般作品来看，境界小者未必都是写境，境界大者也未必都是造境。即以我们在前面讨论造境与写境时所举的一些诗句为例，如李义山诗中所写的“到死丝方尽”的“春蚕”和“成灰泪始干”的“蜡炬”，其所写之境界便不可谓之不“小”，然而却绝是属于“造境”而非“写境”。又如元好问的“寒波澹澹起”，陶渊明的“悠然见南山”，其所写之境界实较义山诗中的“春蚕”“蜡炬”为大，反而正是“写境”而并非“造境”。由此可见境界之大小，与“造境”“写境”实无必然之关系。至于吴氏又以为“境界小者……近于无我之境”“境界大者……近于有我之境”，同样也有不妥之处。我们仍以前面的例证来看，义山诗中的“春蚕”“蜡炬”两句，境界虽“小”，却明明是“有我”，反之元好问的“寒波澹澹起”，陶渊明的“悠然见南山”两句，境界虽较义山前两句诗为“大”，却反而明明是“无我”。由此可见，境界之大小与“有我”“无我”实在也并无必然之关系。这是我们对于这一则词话所当具的第一层认识。

其次再就境界之大小与作品之优劣的关系来看，王氏之意盖以为境界之大小与作品之优劣并无必然之关系。关于此一点，历来说者对之极少争论，惟有徐复观在其《诗词的创造过程及其表现效果——有关诗词的隔与不隔及其他》一文中，曾对之提出异议云：

取境的大小和作者精神境界的大小密切相连，作者精神境界的大小和作者人生的修养学力密切相连，这如何能不分优劣呢。[1]

这一段话可以说有部分的正确性，因为作品不免为作者之修养学力之反映，原是一种极自然的现象。《人间词话》第四十八则论史梅溪词，静安先生就曾引前人评史梅溪词而涉及其品格的评语说：

周介存谓："梅溪词中喜用'偷'字，足以定其品格。"刘融斋谓："周旨荡而史意贪。"此二语令人解颐。

王氏所谓"令人解颐"就是因为觉得周、刘二人这种涉及作者品格的评词之语，颇可使人发会心同意之微笑的缘故。而且我们证之于喜用"偷"字的史梅溪的词，他也确实是喜欢叙写纤细工巧的"小境"，由此可见上引徐氏的话乃是确有部分正确性的。不过如果就整体来说，则作品中所表现的境界之大小与作品之优劣，实在并无必然之关系。因为修养学力高的诗人，有时也写"小境"的诗，反之，修养学力低的诗人，有时也会写"大境"的诗。如果说所写之境界"大"则诗人之精神

---

①徐复观《诗词的创造过程及其表现效果——有关诗词的隔与不隔及其他》，《中国文学论集》，第138页，台中民主评论社1966年版。

境界也必“大”，所写之境界“小”则诗人之精神境界也必定“小”，从而为之优劣，则试以陶渊明之“幽兰生前庭，含薰待清风。清风脱然至，见别萧艾中”数句，来与沈佺期的“皇家贵主好神仙，别业初开云汉边。山出尽如鸣凤岭，池成不让饮龙川”数句相较，则陶诗所写之境界虽“小”，然而意蕴深远，沈诗所写之境界虽“大”，然而洞然无物。陶诗之高于沈诗，其间相差实不可以道里计。由此可见诗之优劣与境界之大小，确实并无必然之关系。何况就静安先生所提出的评词之基准的“境界”说来看，其所着重者盖原在于作者对其所写之事物能具有真切深刻的感受及生动具体的表达能力，而此种衡量基准，固不仅适用于“大”的境界，也同样适用于“小”的境界。静安先生所提出的原来乃是诗歌中一般之现象及其评定之一般标准，至于偶有因作者修养学力之高低，而于其所写境界之大小发生了优劣之影响的时候，那该只是偶然的个例，实在并不足以推翻“境界有大小，不以是而分优劣”这一句话在基本理论上的正确性。

（选自《王国维及其文学批评》，广东人民出版社 1982 年版）

徐调孚著译概要

姚国荣

我的外祖父徐调孚（原名徐名骥）作为通晓古今文学的现代编辑出版专家，又是作家、文学翻译家、戏曲研究家。由于其编辑出版的主业繁忙，且一生淡泊名利，默默奉献，著译成果无暇整理，因而随着时代变迁，而今，其相关资料被人们熟知的并不太多，以致大多数人对徐调孚的著译情况了解有限，基本上限于《木偶奇遇记》《中国文学名著讲话》《现存元人杂剧书录》这三种。这些年来对徐调孚进行研究的各种资料（文章或著作）陆续出现，也大体如此，其实，他的编辑工作与著译的成就是相辅相成的。

由于我从事文学工作多年的缘故，加上对外祖父徐调孚的研究兴趣，因而一直都在关注着相关的信息，搜集相关资料。之前我对外祖父的情况知之甚少，只知道他是个老编辑，在搜集资料的过程中才了解到，其实他的著述涉及的面甚广，包括了文学译介、文学著述、古籍校注、戏曲研究等。有鉴于此，为使更多的读者、研究者对外祖父有更全面的了解，我根据搜集到的资料，对徐调孚的主要著译情况进行了梳理，从作品署名、译介（撰写）、发表及出版等方面进行分类概述。

一、文学译介

这部分工作的时间段主要集中于20世纪20至30年代，年龄在20至30岁。他在这个年龄段译作较多。他的主要兴趣在儿童文学方面，因而译介的作品大多为儿童文学，也有部分小说和民间文学。

1.《兰嘉和兰尼》（中英文对照）

署名情况：徐名骥

译介情况：利用业余时间尝试文学翻译并投稿。

发表情况：1921年，《英语杂志》第9期。

2.《孩智》（中英文对照）

署名情况：徐名骥

译介情况：利用业余时间尝试文学翻译并投稿。

发表情况：1923年，《英语周刊》第406—407期。

3.《自私自利的大汉》（小说）

署名情况：［英］王尔德著　徐名骥译

发表情况：1923年，载《小说世界》第4期。

4.《蝴蝶》（安徒生童话）

署名情况：徐名骥、顾均正合译

发表情况：1923年，载《小说月报》第14卷第11号。

5.《爱情》（诗）

署名情况：伊思顿著　调孚译

发表情况：1924 年，载《文学》周刊第 137 期。

6.《一切为爱》（诗）

署名情况：拜伦著　徐调孚译

发表情况：1924 年，载《小说月报》第 15 卷第 4 号。

7.《女人鱼》（安徒生童话）

署名情况：徐名骥、顾均正译

发表情况：1924 年，载《文学》周刊第 105—108 期。

8.《雏菊》（安徒生童话）

署名情况：调孚译

发表情况：1924 年，载《文学》周刊第 135—136 期。

版本情况：1930 年编入安徒生童话集《母亲的故事》（《世界少年文学丛刊》），开明书店出版。

9.《火绒箱》（安徒生童话）

署名情况：调孚译

发表情况：1925 年，载《小说月报》第 16 卷第 8 号（“安徒生号”上）。

版本情况：1930 年编入安徒生童话集《母亲的故事》（《世界少年文学丛刊》），开明书店出版。

10.《牧豕人》（安徒生童话）

署名情况：调孚译

发表情况：1925 年，载《小说月报》第 16 卷第 8 号（“安徒生号”上）。

版本情况：1930 年编入安徒生童话集《母亲的故事》（《世界

少年文学丛刊》)，开明书店出版。

11.《安徒生年谱》

署名情况：徐调孚、顾均正合撰

译介情况：徐调孚和顾均正都是安徒生童话的爱好者，共同翻译安徒生童话，并合作编撰年谱，1925 年适逢安徒生诞生 125 周年，于是作为纪念向广大读者介绍。

发表情况：1925 年，载《小说月报》第 16 卷第 9 号（“安徒生号”下）。

12.《树叶》（小说）

署名情况：[美] 亨利 · 沃德 · 比彻著　徐调孚译

译介情况：亨利 · 沃德 · 比彻（Henry Ward Beecher）是美国牧师、演说家，该文是从他的小说《Noiwood》中节选翻译的。

发表情况：1925 年，载《文学》周刊第 157 期。

13.《画猫的孩子》（目次题云“画猫的故事”，小说）

署名情况：[日] 小泉八云著　调孚译

发表情况：1925 年，载《文学》周刊第 164 期。

14.《他的仆人》（小说）

署名情况：[瑞典] 斯脱林堡著　徐调孚译

发表情况：1925 年，载《民铎》杂志第 7 卷第 3 号。

15.《十字路》（小说）

署名情况：[冰岛] 阿那森著　徐调孚译

发表情况：《小说月报》1925 年第 16 卷第 4 号。

16.《木偶奇遇记》（童话）

署名情况：[意] 科罗迪著　徐调孚译

译介情况：受“五四”精神影响，20 世纪 20 年代，文学研究会提倡“为人生的文学”，主张反映社会问题，儿童问题被列为社会问题之一，当时提倡把儿童从以前封建的注入式教育中解放出来。《小说月报》注重儿童文学的介绍推广并开辟有相应栏目，徐调孚作为文学研究会会员，也对儿童文学的译介兴趣很浓，从英译本转译中文，最早将该作品介绍到中国。1928 年，交开明书店出版单行本以作为对开明书店的支持。

发表情况：1927 年，《小说月报》第 18 卷第 1、2、3、4、5、8、10、11、12 号连载（原名《木偶的奇遇》）。

版本情况：开明书店 1928 年出版单行本（初版），至 1949 年出版至十五版；少年儿童出版社 1957 年重新排印出版，1979 年、1989 年、1995 年（精装本）、1996 年再版；外国文学出版社 1980 年出版；上海书局 1980 年出版；内蒙古少年儿童出版社 2000 年出版（金奖童话名著精选本，注音插图）；崇文书局（原湖北辞书出版社）2012 年出版；春风文艺出版社 2004 年重新排印出版（“小布老虎译丛”），2015 年再版；天津教育出版社 2007 年重新排印出版（中国小学生基础阅读书目），2013 年再版（新教育儿童阶梯阅读丛书）。

17.《人性的电报》（小说）

署名情况：[波兰] 普路斯著　徐调孚译

发表情况：1929 年，载《新女性》第 6 期。

18.《书信》（小说）

署名情况：[俄]白倍儿著　调孚译

发表情况：1929年，载《文学周报》第364—368期“苏俄小说专号”。

19.《母亲的故事》（安徒生童话集）

署名情况：[丹麦]安徒生著　徐调孚译

译介情况：徐调孚在该书《付印题记》中说：“自出版《木偶奇遇记》后，意外地得着许多朋友的赞助，劝我多多在这方面努力。”加之徐调孚、顾均正、赵景深都对安徒生童话有着浓厚兴趣，于是共同分译了《安徒生童话》，该书为其中之一，收入《火绒箱》《顽童》《雏菊》《丑小鸭》《牧豕人》《荞麦》《一个母亲的故事》《国王王后和士兵》八篇，同时编入《世界少年文学丛刊》。

版本情况：1930年，开明书店出版单行本（初版），1932年再版；2019年，收入《发现童年——近代安徒生童话译著精编》第4册，国家图书馆出版社影印出版。

20.《火烧的城》（小说）

署名情况：[瑞典]苏特堡著　徐调孚译

发表情况：1930年，载《小说月报》第21卷第1号。

收录情况：1930年，王灵皋编《国文评选》第1集，亚东图书馆出版。

21.《当沙尔堡回家时》（小说）

署名情况：[挪威]伊格著　徐调孚译

发表情况：1930年，载《小说月报》第21卷第1号。

收录情况：1930 年，王灵皋编《国文评选》第 1 集，亚东图书馆出版。

22.《相反的灵魂》（小说）

署名情况：［西］皮康著　徐调孚译

发表情况：1930 年，载《小说月报》第 21 卷第 1 号。

收录情况：1937 年，施落英编纂《南欧小说名著》，启明书局出版。

23.《喜马拉雅民间故事》（民间文学）

署名情况：调孚译

发表情况：1928 年，载《文学周报》第 299 期"世界民间故事专号"。

24.《白璧尔的儿子》（民间文学）

署名情况：调孚译

发表情况：1928 年，载《文学周报》第 299 期"世界民间故事专号"。

25.《汉斯的幸运》（德国民间故事）

署名情况：徐调孚译

发表情况：1930 年，《教育杂志》第 22 卷第 4 期。

26.《老人和小鬼》（日本童话）

署名情况：徐调孚译

发表情况：1930 年，《妇女杂志》第 16 卷第 7 号。

27.《断舌雀》（日本童话）

署名情况：徐调孚译

发表情况：1930 年，《妇女杂志》第 16 卷第 7 号。

28.《松山镜》（日本童话）

署名情况：徐调孚译

发表情况：1930 年，《妇女杂志》第 16 卷第 7 号。

29.《镜中影》（日本童话）

署名情况：徐调孚译

发表情况：1930 年，《教育杂志》第 22 卷第 10 期。

30.《莎乐美》（剧本，英汉对照）

署名情况：［英］奥斯卡·王尔德著　桂裕、徐名骥译

译介情况：20 世纪 20 年代，英国唯美主义作家王尔德及其唯美主义作品被传介到中国后，出现了一股“王尔德热”，当时徐调孚（徐名骥）和桂裕都在商务印书馆工作，在这个环境里受“王尔德热”影响，合作翻译了该作品，用原名署名出版。这也是他翻译作品中唯一的戏剧作品。

版本情况：1924 年，商务印书馆出版（初版），1933 年国难后第一版，1934 年国难后第二版。

二、文学著述

这一部分主要集中于 20 世纪 20 年代至 30 年代，部分至 40、50 年代，包含歌谣、散文、讲稿、杂文、论文等。年龄段在 30 至 50 岁。

1.《平湖歌谣录》

署名情况：调孚

发表情况：1924 年，载《文学》周刊第 101—103 期。

2.《反对战争的文学》

署名情况：徐调孚

发表情况：1924 年，载《小说月报》第 15 卷第 8 号。

3.《何处在人间》

署名情况：调孚

发表情况：1925 年，载《文学》周刊第 166—167 期。

4.《官》（杂文）

署名情况：调孚

发表情况：1925 年，载《文学周报》（原《文学》周刊）第 174 期。

5.《中国文学名著讲话》

署名情况：徐调孚

撰写情况：本书是为开明书店《中学生》杂志撰写的讲稿，按文学史发展的顺序简明扼要、深入浅出地介绍了从《诗经》到四大小说等文学名著，并讲述了诗词、戏曲、讲唱文学、小说等各类文学演变的知识及文学样式的主要特点。

发表情况：1930 年，《中学生》杂志连载。

版本情况：1981 年，中华书局出版单行本（初版），1984 年重新排印出版；2010 年，中国青年出版社出版（“大家文库”丛书插图本）；2018 年，西北大学出版社出版（郝振省主编“中国现代出版家论著丛书”)。

6.《英吉利文学》

署名情况：徐名骥

撰写情况：当时《万有文库》系列丛书包括介绍各国文学的品种，徐调孚用本名撰写了该书，介绍了英国诗歌、小说、戏剧、散文等文体的情况，作为丛书的百科知识列入第一集一千种。

版本情况：1933 年，商务印书馆出版（王云五主编《万有文库》系列丛书），1934 年再版（王云五主编《小百科》系列）。

7.《记小说月报第二十三卷新年号》

署名情况：徐调孚

撰写情况：《小说月报》第 23 卷新年号原定于 1932 年 1 月底发行，因“一·二八”战事爆发，商务印书馆印刷总厂被炸毁，该期只有作为编辑的徐调孚一人看过，故撰写该文对新年号进行介绍。

发表情况：1935 年，载香港《宇宙风》半月刊第 8 期。

8.《闲话作家书法》

署名情况：贾兆明

发表情况：1944 年，载《万象》杂志（柯灵主编）第 7 期。

收录情况：1995 年，陈国华选编《中国百年散文选·品艺卷》，浙江文艺出版社出版；1997 年，汪文顶主编《中国散文传世之作·现代卷》，山东文艺出版社出版。

9.《再话作家书法》

署名情况：贾兆明

发表情况：1944 年，载《万象》杂志（柯灵主编）第 8 期。

10.《新录鬼簿——现代文坛逸话》

署名情况：陈时和

发表情况：1944 年，在《万象》杂志（柯灵主编）连载。

11.《少年先锋》

署名情况：徐调孚著

撰写情况：1949 年后，为迎接新中国文化建设高潮，开明书店编辑出版了“我们的书”系列丛书，“包括自然科学、社会科学、文艺故事三大类，这本书是其中的一种”①。徐调孚积极投入新中国文化建设，撰写本书介绍苏联少年儿童的情况（包括少年先锋队、少年真理报、少年先锋宫），努力通过本书让少年儿童补充课外知识，拓宽眼界，加深对社会和政治的认识。

版本情况：1950 年，开明书店出版（“我们的书”第二种）。

12.《〈小说月报〉话旧》

署名情况：徐调孚

撰写情况：应《文艺报》要求，为介绍《小说月报》的相关情况而作。

发表情况：1956 年，载《文艺报》第 15 期。

13.《杂忆和杂感》

署名情况：徐调孚

撰写情况：《〈小说月报〉话旧》一文发表后，有些事情说得不清楚，另有一些友人询问某些情况，为此撰写此文。

---

① 徐调孚. 少年先锋[M]. 上海：开明书店，1950.

发表情况：1956年，载《文艺报》第22期。

三、文学校注

这一部分是对文学、戏曲作品的校注，主要在30年代至40年代。年龄段在30至40岁。

1.《校注人间词话》

署名情况：王国维著　徐调孚校注

校注情况："《人间词话》原有静安先生自己的手定本，又有赵万里先生的补辑本"①，徐调孚"又搜集王国维有关词论的文字，加上陈乃乾先生从王氏旧藏各家词集的眉头评语中抄录有关评语作为补遗附在书后，并且又就书中提到的各篇原词加以校注"②，使校注本成为最为完备的版本。

版本情况：1939年，开明书店出版，1947年、1948年、1949年再版；1955年，中华书局出版，2003年（国学入门丛书）、2013年由中华书局再版；1953年，台湾开明书店出版，1968年、1972年重印；1962年，万象书店（香港）出版；1980年汉京文化事业有限公司（台湾）出版。

2.《蕙风诗话·人间词话》

署名情况：王国维著　徐调孚校注　王幼安校订

---

① 徐生湫．毕生尽瘁编辑生涯——纪念先父徐调孚［A］．丁景唐．中国现代著名编辑家编辑生涯［M］．北京：中国展望出版社，1990．

② 同上。

版本情况：1960 年，人民文学出版社出版（罗根泽、郭绍虞主编“中国古典文学理论批评专著选辑”）。

署名情况：王国维著　徐调孚、周振甫注，王仲闻校订

版本情况：2018 年，人民文学出版社出版。

3.《人间词话》

署名情况：王国维著　徐调孚注

版本情况：2009 年，中华书局出版（跟大师学国学丛书）；2015 年再版（中国文化丛书第二辑）。

署名情况：王国维著　徐调孚、周振甫注　王仲闻校订

版本情况：2010 年，人民文学出版社出版（诗词灵犀丛书），2018 年再版（经典口碑丛书），2020 年再版（中学生阅读推荐）。

署名情况：王国维著　徐调孚校注

版本情况：2012 年，中华书局出版（国民阅读经典丛书），2013 年再版（中华传统诗词经典丛书）。

4.《人间词话校注》

署名情况：王国维著　徐调孚、周振甫注　王仲闻校订

版本情况：2020 年，台湾五南出版股份有限公司出版。

5.《元人杂剧序说》

署名情况：［日本］青木正儿著　隋树森译　徐调孚校补

校注情况：当隋树森先生将所译的《元人杂剧序说》交徐调孚先生看时，也是园旧藏脉望馆钞校本已被发现，而有些剧目青木正儿写作时尚未看到，因而调孚先生就对该书进行了一番校补，尤其对其中的《元人杂剧现存书目》一章校补较多。

版本情况：1941 年，开明书店出版（该书 1957 年由中国戏剧出版社出版时更名为《元人杂剧概说》，此后未再署校补）。

四、戏曲研究

这一部分主要集中于 20 世纪 30 至 40 年代，徐调孚因工作涉及古籍整理以及对戏曲的爱好而对戏曲进行研究，主要包括曲文考订、戏曲目录、戏曲理论与表演体制探究等方面。年龄段在 30 至 50 岁。

1.《仙霓社曲目》

署名情况：无

撰写情况：徐调孚爱好昆曲，尤喜观仙霓社传字辈演员演出的昆剧。“他每次看戏回来，要记下所看的戏，并证明每个折子戏各自的出处及原著的作者，在《集成曲谱》《昆曲大全》《缀白裘》《六也曲谱》等书中所在的章节卷页，荟萃了仙霓社演过的戏共 477 折，收集成《仙霓社曲目》一书。”①

发表情况：作于 20 世纪 20 年代，未发表。已佚。

2.《杂剧与传奇有怎样的区别》

署名情况：徐调孚

发表情况：1935 年，《文学百题》（傅东华编），生活书店出版（初版）；1981 年上海书店复印版；1992 年中州古籍出版社影印版。

---

① 徐生湫．毕生尽瘁编辑生涯——纪念先父徐调孚［A］．丁景唐．中国现代著名编辑家编辑生涯［M］．北京：中国展望出版社，1990．

3.《六十种曲叙录》

署名情况：徐调孚

撰写情况：20 世纪 30 年代，开明书店整理出版古籍，但当时"《六十种曲》初刻本已经难以凑齐了，即使找遍全国公私藏书也拼不成整部初刻本的《六十种曲》了，后印本脱漏极多，一块板子上下两半有时互不相应。道光间补刻本错误非常厉害，颇多窜乱，整理《六十种曲》已经刻不容缓"[①]。徐调孚访求了许多部《六十种曲》，"逐字逐句，互相核对原文，补足脱漏，订正错误，进行了整理校订"[②]，为此撰写了该《叙录》并附于《六十种曲》后（又另单独发表），"考证了每一种曲的作者及其籍贯、生平，写了每一种曲的剧情提要，引录了几十种古今戏曲论著中有关该曲的资料、源流和评语"[③]。

发表情况：1936 年，开明书店出版《六十种曲》。又载《文学》第 6 卷第 5 号。

4.《关于古名家杂剧》

署名情况：徐调孚

发表情况：1939 年，载《文学集林》第 1 辑"山程"。

5.《俞曲园与元曲选》

署名情况：徐调孚

发表情况：1939 年，载《文学集林》第 1 辑"山程"。

---

① 徐生湫．毕生尽瘁编辑生涯——纪念先父徐调孚［A］．丁景唐．中国现代著名编辑家编辑生涯［M］．北京：中国展望出版社，1990.

② 同上。

③ 同上。

6.《脉望馆本杂剧叙录》

署名情况：徐调孚

撰写情况：该文含《关汉卿杂剧》和《苏子瞻风雪贬黄州》二篇。在郑振铎于 1938 年发现《脉望馆钞校本古今杂剧》后，较早地对脉望馆本杂剧进行了介绍和研究。

发表情况：1940 年，载《文学集林》第 2 辑“望”。

7.《吴梅著述考略》

署名情况：徐调孚

撰写情况：徐调孚对吴梅很仰慕，并关注吴梅的戏剧著述情况，在吴梅逝世后以该文作为纪念，对吴梅的著述进行了整理考订、分类梳理。该文“分创作之部、论著之部、编选之部、校刻之部，较为详尽”①。

发表情况：1939 年，载《文学集林》第 1 辑“山程”。

版本情况：1939 年上海初版（创刊号），1940 年桂林重印版。

8.《霜厓先生著述考略》

署名情况：徐调孚

撰写情况：此为《吴梅著述考略》的增补稿。因撰写《吴梅著述考略》时，吴梅的有些作品尚未刊行而未能看到，吴梅先生其他著作陆续刊行后加以修改和增补，并易为此名。

发表情况：1942 年，载《戏曲月辑》（赵景深、庄一拂合编）第 3 辑（“吴霜厓先生三周年祭特辑”）。

---

① 郑逸梅．世说人语［M］．哈尔滨：北方文艺出版社，2016．

9.《连环计传奇叙录》

署名情况：徐调孚

撰写情况：详尽叙述全本三十折内容、曲调和角色。由于当时尚未有该剧的影印全本，所以该文具有开拓性意义。

发表情况：1942年，载《戏曲月辑》（赵景深、庄一拂合编）第4辑。

10.《〈西厢记〉——元人杂剧的代表作》

署名情况：徐调孚

撰写情况：此系为《中学生》杂志撰写的“中国文学名著讲话”第十一讲之讲稿，后收入《中国文学名著讲话》一书。文中对中国戏曲的概念、杂剧的来源、元杂剧的体制进行了考察和探究。

发表情况：1948年，《中学生》第197期。

11.《〈琵琶记〉——明人传奇的代表作》

署名情况：徐调孚

撰写情况：此系为《中学生》杂志撰写的“中国文学名著讲话”第十二讲之讲稿，后收入《中国文学名著讲话》一书。文中对传奇的来源进行了考察，对明传奇的体制进行了探究。

发表情况：1948年，《中学生》第198期。

12.《现存元人杂剧书录》

署名情况：徐调孚编

撰写情况：因《脉望馆钞校本古今杂剧》发现后，存世元人杂剧的数量大为增加，时贤虽有创见，但著述零散，“把现存元人杂剧编一详细目录，确定各本作者，注明现存版本，是一个极为需要的工作”[①]，又因“过去王国维《宋元戏曲史》中《元剧之存亡》一章所著录的固然不必再论，就是青木正儿《元人杂剧序说》中所附《元人杂剧现存书目》也已不适用于今日了”[②],为使读者查检方便，遂编撰该书。

发表情况：1948 年，载《文艺复兴》杂志之“中国文学研究”专号。

版本情况：1955 年，上海文艺联合出版社出版单行本；1957 年，古典文学出版社出版；1975 年，古亭书屋影印出版；盘庚出版社出版（版权页未标明出版时间）。

以上的梳理可以帮助读者拓展对徐调孚著译情况的了解，加深对徐调孚写作的认识，有助于更进一步的研究。

编撰于 2022 年 4 月

修订于 2024 年 1 月

① 徐调孚．现存元人杂剧书录·序例［M］．上海：上海文艺联合出版社，1955.
② 同上。